Fioly Bocca

Ovunque tu sarai

GIUNTI

Questa è un'opera di fantasia.
Ogni riferimento a fatti e persone realmente esistiti è puramente casuale.

http://narrativa.giunti.it

Via Bolognese 165 – 50139 Firenze – Italia
Piazza Virgilio 4 – 20123 Milano – Italia
Prima edizione: aprile 2015
Published by arrangement with Walkabout Literary Agency

Ristampa	Anno
6 5 4 3 2 1 0	2019 2018 2017 2016 2015

A te,
che sei dove sono.

Alice: «Per quanto tempo è per sempre?».
Bianconiglio: «A volte, solo un secondo».

Lewis Carroll, *Alice nel Paese delle Meraviglie*

1

Il nome delle cose

Ci sono giorni perfetti per essere felici.
Me ne sto seduta su questa panchina ai Murazzi, mentre Torino si acquatta sotto una coperta di nebbia, così densa da sfumare i contorni e cambiare gli odori alle cose. Ho finito un lavoro importante e guadagnato qualche giorno di libertà, per recuperare dopo un periodo intenso. Sono stata brava, me lo sono meritato. Mentre sto qui a prendere fiato e riordinare i pensieri, ti scrivo queste righe che mi precederanno di poco: ho deciso che questa sera vengo da te, mamma. Approfitto delle ferie e passiamo qualche giorno insieme. Ho sentito papà. Dice che i medici sono contenti di come procedono le cure, che ti fanno qualche altro esame, giusto per stare tranquilli, e che tu ti senti bene.
Mentre ti penso, seduta dentro questa bolla lattescente, mi tornano alla mente le storie che mi raccontavi da bambina. Di solito eri sempre tu a inventarle. Appoggiata al tronco dell'albero vecchio, parlavi quasi sottovoce. Come fosse un segreto. Rivedo i personaggi in fila, nella foschia densa del mattino presto in montagna: la ragazza che si sgranocchia a pezzi la luna, la balena mangiapensieri, l'elefante che ricorda tutte le parole in tutte le lingue esistenti. Lo immaginavo con

una proboscide lunga fino alla fine del mondo, per farcele stare appese con fili sottili come bava di ragno.
In ognuno di loro c'era un pezzo di me, della mia vita quando era morbida e malleabile come pane prima del forno, della paura del buio, mia e di tutti i bambini, dei primi desideri precisi, disegnati a tratti pieni sui fogli di scuola.
C'era una favoletta che mi piaceva tanto, quella di Evelina, chissà se la ricordi anche tu. Quando il mondo come lo conosciamo stava muovendo i suoi primi passi, la fata Evelina ricevette in sorte il dono di battezzare le cose che incontrava per la prima volta. Sfiorando una farfalla sussurrò «Effimera» e la vita dell'insetto non durò più di un giorno. Chiamò «Girasole» un fiore incontrato nel prato e quello alzò la testa a cercare l'astro con l'occhio spalancato della corolla. Disse «Candido» al primo fiocco trasparente di neve e lo vide aggiustare sul bianco il colore, e riempirsi di luce.
Mi dicevi: «È nel nome il senso della storia». Non il destino, che ciascuno se lo disegna come vuole e come può. Non la morale, che ognuno ci vede la sua. No: il senso. Il significato profondo di quello che siamo. Mi dicevi: «Scegli bene le parole, le scarpe e gli amori, se vuoi camminare lontano».
Non so perché sto ripensando a tutto questo, forse è solo il desiderio di starti vicina. Come tanti anni fa, io te e Evelina, appoggiate alla schiena dell'albero vecchio.
Basta così, domani al più tardi saremo insieme. Riposa, e preparami un bel sorriso per quando sarò lì.
Anita.

Ho le nocche rosse, a forza di tormentarle con i denti. Rimetto il tablet nella borsa, e mentre mi alzo in piedi mi rendo conto di avere i muscoli irrigiditi dalla tensione. Comincio a camminare e ripenso a quello che ho scritto, a quanto è lontano dalla verità. *Ci sono giorni perfetti per essere felici*: imparo che la disperazione si nutre di iperboli.

Sto prendendo tempo per capire. Da quanto tempo so che non guarirai? Può essere soltanto un'ora? La cura funziona: così dicevano i dottori fino a qualche giorno fa. E io mi sono aggrappata a questa promessa piena di crepe, mi sono convinta che tutto sarebbe andato per il meglio. Certo, quando si parla di cancro, "meglio" non si sa mai bene cosa voglia dire. Cancro, chi lo ha chiamato così? L'errore sta lì, nella radice della parola, viene da *duro*. Ma non sa con chi ha a che fare, mamma, tu sei di diamante. Se ne tornerà da dove è venuto con le chele in briciole.

L'ho ricevuta al lavoro, la telefonata: papà che non sapeva come superare i chilometri di mezzo, non poteva allungare una mano e toccare la mia per dirmi quello che doveva, che il tuo tempo è quasi scaduto. Temporeggiava, non sapeva mettere in fila parole che mi risparmiassero un po' di dolore. Aspettando il verdetto, mi sono guardata intorno: le mani dei colleghi intente sulle tastiere, il ticchettio ritmico di sempre, occhiali concentrati su uno schermo muto.

Devo finire in fretta questi due capitoli, ho pensato. Ecco com'è, mi sono detta, a un passo dalla catastrofe: ci si concentra sul quadro storto appeso alla parete di fronte.

Ho sempre pensato che una via di fuga ci fosse comunque, e invece è strano non vedere nemmeno un'uscita d'emergenza.

Ho abbassato la cornetta e sono uscita, ho liquidato i

colleghi con poche parole, un impegno imprevisto. Si sono scambiati sguardi pieni di stupore, quindici mesi in questa agenzia letteraria e fino a ora mai uno sconto sull'orario di lavoro. Forse hanno capito che stavo scappando, senza sapere da cosa.

Scappare non sarà mettersi in salvo, ma è già qualcosa.

Ed eccomi qui, ai Murazzi. Le gambe vanno da sole, dentro la luce grigia di questo pomeriggio di gennaio. La mente galleggia nel vuoto, incapace di aggrapparsi a un'idea qualunque. Ripenso alla telefonata, cerco qualche indizio che faccia sperare. Ripasso i toni della voce, mi rifugio nelle inflessioni dubbiose, mi aggrappo ai puntini di sospensione. Nulla. Se i medici avessero lasciato spazio per l'ottimismo, mio padre, artigiano dei buoni sentimenti, non avrebbe mancato di farmelo notare.

Davanti agli occhi un susseguirsi di scene scomposte, pezzi della mia vita come in una presentazione in Power Point: il trasferimento da Obra a Torino per iscrivermi a Scienze della comunicazione, l'incontro con Tancredi tredici anni fa, il lavoro da correttrice di bozze, mal pagato e senza certezze. Una carrellata veloce, visi e voci, notti in bianco sui libri e in locali fumosi, le mie montagne, le mie radici, tutto quanto credevo mi appartenesse e che adesso vedo sfumare.

Un passo segue l'altro, come in trance. Panorami consueti si alternano a pensieri in disordine: il Po che si trascina con lentezza – devo fare in fretta, devo andare da lei – il circolo dei canottieri, sembra abbandonato da millenni – cosa le dirò? – le scritte sui muri, un frullato di *ti amo* e *vaffanculo* – cosa metto in valigia? devo controllare gli orari dei treni – la chiesa della Gran Madre, che esce dalla nebbia austera e impietosa – che ne sarà di *mia* madre?

Devo fare mille cose, mi sembra di non avere tempo abbastanza. Non riesco a fermarmi e organizzare le azioni. Qualunque cosa io decida di fare, da ora in avanti, il tempo non basterà: questa sensazione mi confonde e mi tiene in scacco.

Sono allora io quella che sta per morire?

Tutta la vita vissuta fin qui se ne andrà insieme a mia madre?

Non ho risposte, solo un'urgenza nuova, un'inquietudine che non mi molla.

Mi siedo, che male alle gambe. Sulle panchine di piazza Vittorio non vedo più niente, di sicuro mi hanno buttato nella vita sbagliata, in questa di oggi non mi ci trovo, è un problema che non mi riguarda.

Comincia a piovere, alzo il culo ghiaccio e prendo la strada di casa.

Mi ci vuole un po' per arrivare in via Nizza, al terzo piano senza ascensore. Entro che sono un cencio da strizzare. Non deve essere solo quello, però, a dirla lunga sul mio stato d'animo, anche se il pianto si confonde con tutta quell'acqua.

Alice appoggia il copione sul tavolo della cucina. «Che ti è successo?» Un fiotto venuto fuori con troppa enfasi: non è ancora uscita dal personaggio.

E quali parole posso trovare, io, per spiegare qualcosa che nemmeno ho capito? Singhiozzi. Escono solo singhiozzi soffocati e sospiri. Prima che Alice mi faccia raccontare, prima che io riesca a tirare fuori questo groviglio che mi opprime.

«Si tratta di tua madre, vero?» Alice spalanca i suoi occhi marroni, castagne mature su un letto di foglie, e sembra stia calcando l'ennesimo palcoscenico.

È una brava attrice, e anche una buona amica.

Ricordo il giorno in cui ci siamo conosciute nell'androne dell'università. Avevamo vent'anni e a vent'anni è scontato avere una vita davanti: una certezza cristallina che in un orecchio ti sussurra – mentendo – *per sempre*.

Alice significa *di bell'aspetto*. La sua pelle è trasparente e luminosa, più bianca della mia, e i segni che le sfiorano labbra e sopracciglia sottolineano le sue espressioni senza accanimento.

Alice significa *creatura marina* e così è lei, quando con i suoi occhi smisurati si trascina in un mondo subacqueo fatto di forme sfocate. Lei fluttua come un pesce lucido nelle acque calme di un lago tropicale. Non somiglia al mio guizzare in un torrente limpido di montagna, sempre in guerra con la corrente. Ci siamo piaciute per questo essere così simili e diverse, abbiamo contaminato i nostri habitat – Alpi e palmizi – con un sodalizio che dura da più di un decennio.

Così ci siamo ritrovate a trentatré anni a dividere un appartamento che fatichiamo a pagare. Io con il lavoro all'agenzia e lei con quello da barista. Un modo come un altro per continuare ad alimentare un sogno: sfondare nel teatro il suo, scoprire nuovi autori il mio. Mi piacerebbe premiare i talenti, io che ne possiedo così poco, vorrei che il mio lavoro di cesellatore di parole servisse a qualcuno che con le parole sa inventare mondi.

Mi chiamo Anita, vuol dire *graziosa*. Graziosa è un contentino per chi non può avere di più.

Alice, invece, è piena di talenti. Ora però è rimasta muta, sa che non c'è molto da dire. Così appoggia i fogli sul tavolo, si alza e mi abbraccia. E nel suo abbraccio mi sciolgo in un pianto liberatorio.

Lenire non sarà curare, ma aiuta a restare a galla.

«Cosa fai adesso?»

«Preparo le valigie e cerco un treno, vado da lei.»

«E come fai col lavoro?»

«Faranno a meno di me, per quel che me ne importa adesso. Prenderò ferie, capiranno.»

Apro l'armadio e ci butto dentro cose a caso. Farà più freddo, mi ci vorrà un maglione. Lo direbbe anche mamma: «Copriti che gennaio in montagna è severo». Posso fare a meno degli scarponcini, in ospedale non serviranno.

Non riesco a fare le valigie prima di partire per le vacanze, disorganizzata come sono, figuriamoci ora, senza sapere quanto starò via e con la testa più confusa di questo guardaroba senza capo né coda. Così mi sento adesso: costretta tra stracci e cianfrusaglie, come se stessi dentro le borse di nylon di un vecchio senzatetto che dorme in stazione con tutta la vita cucita addosso.

Controllo gli orari del treno; se mi muovo subito arrivo a Obra in tarda serata. Potrei prendere quello che parte domani mattina all'alba, ma non voglio aspettare, non ho tempo. Ancora un abbraccio ad Alice che mi bisbiglia «Stai tranquilla» e scivolo via sulle strade lustre, mentre la pioggia continua a battere. Il mio mondo in una goccia, prima tondo e finito, ora pozzanghera minuscola sotto le scarpe gommate.

2

Il suo maglione sopra al mio

Una corsa alla biglietteria e prendo il treno al volo. Solo dopo essermi sistemata nello scompartimento semideserto mi rendo conto che non ho avvertito Tancredi.

Cerco il telefono nella borsa. «Amore, ciao» mi risponde con il tono sbrigativo di chi non vuole essere disturbato «posso richiamarti tra una mezz'ora? Sono qui con Marco, stiamo discutendo di quel progetto per i nuovi clienti e...»

«Tancredi, sto andando da mia madre, pare si sia aggravata. Scusami se non ti ho avvertito per tempo, ma è successo tutto di fretta, mi ha chiamata mio padre qualche ora fa e sono già sul treno.»

«Mi spiace tanto piccina» ribatte lui, un po' addolcito «vedrai che non è niente, stai tranquilla.»

«Sì, certo. È solo un cancro, passerà.»

«Mi sembra di capire che non ti va di parlare adesso, ti richiamo io più tardi, cerca di rilassarti, ok?»

Come un neonato nella culla, penso tra me e me, ma taccio. Non vedo l'ora di chiudere la conversazione. Mi domando come si possano dire cose così a sproposito, ma come sempre una parte di me cerca di giustificarlo.

Da quando ho conosciuto Tancredi sono passati più di tredici anni. Ero arrivata da pochissimo dal Trentino per iscrivermi all'università. Avevo scelto Scienze della comunicazione che a Trento mancava, e mi ero lasciata ammaliare dal fascino austero del capoluogo piemontese.

Quel giorno una compagna di corso mi aveva invitata a una festa a casa di amici. Aveva insistito così tanto da farmi accettare, più per non ferirla che per reale interesse – ho sempre odiato deludere le aspettative altrui, più che le mie.

Ero finita da questi amici suoi, in una villa sulla collina appena sopra il circolo dei canottieri. Quelle case che credi esistano solo sulle riviste di arredamento, e che quando ci metti piede, se non sei abituato, cominci a muoverti come se persino il pavimento fosse di vetro.

I genitori del padrone di casa se n'erano andati in visita da lontani parenti, ed ecco una banda di scalmanati con l'alito alla vodka intenti a sorseggiare cocktail dai loro cristalli di Boemia, macchiare irrimediabilmente i tappeti shabby chic, lasciare tracce di vita, sporca e irriverente, in quel mausoleo di rappresentanza.

Un po' a disagio, stavo appoggiata a una parete a chiacchierare con quelle poche persone che avevo incrociato per i corridoi in facoltà, una sigaretta in mano per darmi un tono e tutto l'impaccio nascosto dietro un gesticolare veloce. Nessuno sembrava accorgersi del mio imbarazzo, avevo vent'anni ed ero graziosa, come racconta il mio nome: quanto basta a un gruppo di coetanei su di giri per trovarmi interessante. Portavo i capelli appena sopra le spalle, di un biondo scuro, una colata di miele corposo, e una frangia che continuavo a sbuffare via dalla fronte come se fosse cresciuta a mia insaputa. Ero sempre perfettamente acconciata, un giorno sì e uno no mi alzavo mezz'ora prima per lisciarmi i capelli: mi sembrava un buon modo per tenere le cose sotto controllo.

Discreta, esile, minuta, il ritratto della ragazza bonsai. Non bella: graziosa. Con occhi chiari screziati di giallo, le spalle sempre un po' chiuse in avanti, l'andatura e il modo di vestire di chi vuol confondersi in mezzo alla gente.

Tancredi mi si è avvicinato a fine serata, quando i rumori della festa si erano attenuati e la stanza era piena di un brusio sommesso, un coro di rane stanche al principio del giorno. Stavo raccogliendo la mia roba per andarmene, stupita io stessa di non averlo fatto qualche ora prima, quando mi si è parato davanti questo ragazzo scarmigliato, con il piglio deciso di chi non conosce rifiuti.

«Hai da accendere?» mi chiede con sguardo sornione, appena intorbidito dall'alcol. Scusa banale, penso io. Non aspetta la risposta e si appoggia alla parete al mio fianco, mi guarda concentrato.

Tiro fuori l'accendino dalla borsa e glielo passo con un'aria vagamente scocciata. Si accende la sigaretta senza smettere di fissarmi.

«Non ti ho mai vista in giro, è la prima volta che vieni a queste feste?» Uno sbuffo grigio tra i suoi occhi neri.

«Veramente sì, mi sono trasferita qui da poco.» Le parole vengono fuori stentate.

Mi sono chiesta a lungo, negli anni a venire, se già dalle prime battute del nostro primo incontro io avessi sentito quel ronzio dentro la testa che sa sopraffare ogni altro pensiero. Se con pochi sorrisi e sguardi Tancredi fosse riuscito a farsi largo nel groviglio astratto che sta dentro ciascuno di noi, in un posto imprecisato tra il cervello, il basso ventre e il cuore.

Chi può dire quando scatta davvero l'amore, quando si accende quella spia luminosa che non ti permette più di concentrarti sulle cose che fino al giorno prima facevi con la meccanicità di un automa. A un certo punto niente è più degno della tua attenzione: mentre guidi pensi a come lui potrà mai stringere le mani sul volante, ti lavi i denti e vedi i suoi occhi fissarti attraverso lo specchio, cucini un piatto di spaghetti e ti chiedi se preferisca il peperoncino o il pepe.

Chissà se l'innamoramento è una scossa improvvisa, come uno sparo nel buio, o se si tratti invece di una scia che si insinua tra i pensieri e li trasforma, la bava di una lumaca che cammina piano, lucidando appena la strada che si lascia dietro.

Non so dire se già quella sera Tancredi mi avesse rapito i pensieri con le sue maniere decise, con il naso dritto e quel suo stile di muovere le mani, come se ti accarezzasse in qualche modo segreto.

Quella notte abbiamo parlato a lungo di noi, mentre Torino cominciava a stiracchiarsi, distratta, insieme alla Mole che punge e si perde nel cielo, al rumore delle saracinesche che scoprono la mercanzia ben disposta sotto i portici del centro.

Gli ho detto delle montagne che ho lasciato per trasferirmi lì, delle strade sassose e impervie dove ho mosso i primi passi, della nostalgia che, muta, certe notti mi stringe alla gola con i suoi guanti di gomma.

Lui mi ha raccontato cose di sé che non ricordo. Di certo mi avrà parlato del suo amore per la fotografia, che probabilmente è nato insieme a lui, da quelle polaroid che immortalavano il ventre di sua madre quando lui ci galleggiava dentro, ventidue anni prima. Torinese da sempre, non desiderava altro che diventare fotoreporter e frequentava uno dei corsi più esclusivi della città, dopo aver ottenuto il diploma al liceo artistico.

Così, sui resti di una notte che stinge, abbiamo grattato via la prima patina di mistero dalle nostre vite.

Ricordo che arrivata a casa sono uscita sul balcone a spiare il giorno, con il suo numero di telefono in tasca e un sorriso come una mezzaluna luminosa. Ho fatto fatica a prender sonno.

Ci siamo rivisti qualche giorno dopo. Mi ha chiamata e ci siamo dati appuntamento in un parcogiochi appena fuori città. Chissà perché, poi, un parcogiochi. Non un cinema o un ristorante.

Stavo seduta su una giostrina, quelle arrugginite e scricchiolanti che si muovono in tondo, quando lui ha tirato fuori una compatta dalla tasca dei jeans e ha scattato un paio di foto.

Ho riguardato quelle immagini a distanza di tempo e mi sono trovata appiccicata addosso un'espressione trasognata e liquida che non credevo mi appartenesse.

Anch'io amo fotografare. Per rubare un attimo al fluire impenitente del tempo. Tancredi no. Lui scatta per trasformare, per intervenire. Per trovare, in un clic, la ragione delle sue impressioni.

Io trattengo, lui interpreta. Io conservo, lui riscrive.

«Cosa ti manca di più del tuo paese?» mi ha chiesto mentre ci dondolavamo sulle altalene.

Ci ho pensato un po' su: «Mi manca uscire di casa senza incontrare nessuno. Mi piaceva non dividere quegli spazi con altri che me stessa. Qui non capita mai».

Avrà pensato che fossi buffa. Il suo sorriso era un'espressione divertita e intenerita, di quando si sente un bimbo usare termini a sproposito. È stato allora che è sceso dal suo seggiolino, mi si è parato davanti e mi ha baciata: facile come se non avessimo fatto altro fino a quel giorno.

Mi è rimasto in bocca un gusto di liquirizia e il viso appena arrossato per un accenno di barba, insieme al profumo di menta selvatica.

Fare l'amore non è stato così naturale. È capitato una settimana dopo, a casa dei suoi genitori mentre erano via. Forse per la paura di essere sorpresi da un rientro anticipato, è stato un incontro di corpi senza troppa immaginazione. È stato un minuetto suonato di corsa, fremente ma senza ritmo, e qualche nota improvvisata con poca grazia.

Ricordo, dopo, i nostri piedi nudi sul palchetto di mogano liscio e le sue spalle imperlate di sudore nell'afa di agosto, come dopo una corsa per inseguire un treno.

Poi è andata meglio. Ci siamo addomesticati a vicenda, un poco alla volta. Perché amarsi, mi sono detta, è anche imparare a non pestarsi i piedi mentre si balla la stessa musica.

Se avesse potuto telefonarmi il Futuro mi avrebbe rivelato che spesso la vita prende delle pieghe che proprio non potevi indovinare.

Prima che me ne andassi Tancredi mi ha sussurrato: «Ogni volta che vuoi dimenticare i rumori del mondo, questa stanza è aperta per te».

Tancredi significa *ottimo consigliere*, così ho preso per buono quell'invito.

Da allora è passato così tanto tempo che non si può mettere in fila nemmeno nei pensieri. Siamo cresciuti restandoci a fianco, aggiustando al bisogno la distanza per camminare vicini senza intralciarci e senza allontanarci troppo, tra nuovi incontri e desideri imprevisti.

Mi torna alla mente la nostra prima gita insieme. Era autunno inoltrato, siamo stati in una trattoria nelle Langhe. Abbiamo pranzato all'aperto, mentre una distesa di aceri rossi accendeva l'orizzonte. Stavamo prendendo il caffè quando un refolo di vento mi ha strappato un brivido. Lui, senza dire niente, si è sfilato il maglione e me lo ha dato. Gli ho detto che solo con la camicia avrebbe avuto freddo, ma lui non ha voluto sentire ragioni. Così ho indossato il suo maglione sopra il mio. Mi sono sentita goffa, ma al sicuro come mai prima di allora, accanto a un uomo. Era una sensazione così bella che l'ho battezzata *Amore*.

Non sono mancati i momenti difficili. Come quella volta che è stato quattro mesi a Lione per un corso di fotografia giornalistica. Al telefono era sempre più freddo e scostante, tanto che mi ero convinta avesse deciso di lasciarmi. E probabilmente era vero, ma quando è tornato ci ha ripensato. Non mi sono fatta troppe domande e mi sono rifugiata nel suo abbraccio, felice soltanto di averlo ritrovato.

La quotidianità del nostro stare insieme ha seppellito la paura di vederlo andare via.

Nel frattempo è cambiato lo scenario dei nostri appuntamenti, da quando lui ha trovato casa vicino alla Gran Madre con un paio di amici. Da allora, abbiamo una stanza tutta per noi, senza timore di venire scoperti nudi e arresi nelle braccia l'uno dell'altra.

Ancora oggi, ogni volta che penso all'amore, mi viene in mente quel maglione sopra il mio e quel palchetto di mogano liscio con delle povere scarpe buttate in un angolo, ai piedi del letto.

3

Ritrovarsi

Arrivo a Rovereto che è notte fonda. Chiamo un taxi e mi lascio scivolare dentro. Mentre l'auto comincia a salire ripenso alle tante volte, da ragazzina, quando attraverso il vetro della corriera mi facevo carezzare da quei panorami, la musica dentro le orecchie, e assorbivo quegli odori decisi di legna e di terra, come fossero l'ultimo profondo respiro prima di una lunga apnea. Adesso, invece, sento il puzzo aspro del tradimento.

Arrivo in paese ed ecco casa, casa mia. Da sempre lei mi aspetta ostinata, i muri gialli contro il nero fondo del cielo. Salgo nella mia stanza, piano per non disturbare mio padre che certo mi starà aspettando in silenzio, e si abbandonerà al sonno solo dopo aver sentito la porta richiudersi.

Mi infilo dentro le lenzuola che sanno di pulito, sotto la coperta spessa, e un sonno pesante privo di sogni mi viene a salvare: per qualche ora posso smettere di pensare.

Sospendere la pena non è smettere di soffrire, ma allevia il tormento.

L'indomani mi sveglia la luce, quella sottile e secca che entra bassa attraverso gli scuri. Scendo e mio padre è in cucina che mi prepara la colazione. Non mi ha sentita entrare e per un attimo lo guardo armeggiare ai fornelli: più magro di quando ci siamo visti un mese prima, un'incertezza nuova nei movimenti, appena accennata.

Si volta e mi vede, un abbozzo di sorriso si disegna sotto la barba più lunga del solito. Mi abbraccia senza dire niente. Non abbiamo mai avuto troppe parole per riempire i silenzi, sarà questo sangue montanaro che sciacqua via ogni concessione al cesello.

Lo abbraccio, e si scioglie un po' di questa durezza che mi sto trascinando appresso, finalmente un bruscolo di calore mi percorre la schiena, protesa come un arco a sopportare il peso del mondo.

«Ti metto su il caffè, Anita. Hai la faccia stanca.» È sempre lui, mio padre. Anche col cuore dilaniato si preoccupa di tutto. Mai un cedimento, uno scivolone su questo piano inclinato che è diventata la sua esistenza.

Si chiama Antonio, e ha passato la vita a sistemare impianti elettrici. Forse per via della sua infanzia scura, plasmata dalla fame del dopoguerra, ha deciso di riscattare il karma accendendo luci in giro, convincendosi che ogni stanza illuminata è un pezzo di mondo strappato al buio. Lo ricordo da sempre in giro con il Pandino bianco a doppia trazione su e giù per le valli, la sua sagoma appesa ai pali, e da bimba ogni volta era un tremito di gambe vederlo arrampicato lassù, acrobata del cielo con le sue magie di luce.

Lui e i suoi modi crudi, le mani callose e le ciglia folte sullo sguardo gentile. Con l'intelligenza spicciola di chi è venuto su con pochi alibi, da sempre convinto che «è meglio soffrire la fame, ma liberi, che leccare i piedi a qualche padrone».

Non si è tirato indietro davanti a nulla, mai. Nemmeno adesso che in quella casa si muove come al rallentatore. Perché Antonio vuol dire *colui che fronteggia gli avversari* e la sua regola inflessibile di vita, tautologica quanto risolutiva, è sempre stata: «Quel che è da fare va fatto».

Bevo il mio caffè, qualche battuta sul viaggio e sul tempo. Non ho voglia di fare conversazione, voglio arrivare al dunque: «Dimmi di mamma, per favore. Cosa succede ora?».

«È difficile dirlo. Nell'ultima TAC si notano delle metastasi.» Annaspa, lo vedo che s'aggrappa a un miraggio che svanisce un poco a ogni sillaba. «Ora vedranno se si può operare. Ma è complicato, sai. Probabilmente non serve.»

«Ma come, l'altra volta avevano detto che le cure stavano dando risultati...» mi arrabbio con quella sua ruga nuova sulla fronte, quella che dice *non resta appiglio*.

«Non lo so, Anita, non lo sanno nemmeno loro... Magari la situazione cambierà di nuovo, ma è poco probabile, sono stati abbastanza perentori. Io non so altro... Adesso sii forte, Anita. Lo so quanto fa male, sii forte bambina.» Inciampa nel suo pudore, vedo lo sforzo abnorme che sta facendo per non lasciarmi sola nelle sabbie mobili.

«Dimmi la verità, quanto le resta?» Meno pietosa di lui, affondo la lama.

«Qualche settimana, forse tre o quattro mesi anche...»

Lo interrompo, ora che ho la verità a portata di mano voglio lasciarla cadere e dimenticarla: «Lei non lo sa, vero?».

«No, non diciamole nulla. Non avrebbe senso. Lei si sente più debole, ha capito che qualcosa non va. Le abbiamo detto che è solo un po' di stanchezza, che interromperanno la chemio per darle il tempo di riprendersi.»

Il caffè mi brucia la lingua. «Dai pa', andiamo da lei, prendo la giacca.» Non posso credere che si fidi così ciecamente di quei professori col camice.

In macchina restiamo in silenzio, solo qualche commento innocuo, *Guarda là come guida quello, Hai visto, il freddo ha ghiacciato duro quest'anno*. Lo stesso guardare fuori stanco attraverso l'aria trasparente della valle, mio padre e io. Come appena partiti per la gita della domenica senza domenica.

L'ospedale di Rovereto è piccolo e tenuto bene. Prendiamo l'ascensore, direzione oncologia, mi tremano un po' le gambe. Ricordo la strada, è il reparto in cui avevo accompagnato mamma a fare le chemio, ma resto un passo indietro a mio padre che gira questi corridoi come se ci abitasse. Un passo indietro perché si sappia: io non ci credo a questa storia che mia madre sta per morire.

Non è nemmeno mezzogiorno, penso, fortuna che in questi reparti non badano all'orario di visita. *Fortuna* mi strappa un sorriso amaro.

Mi affaccio nella stanza tinteggiata da poco e lei è lì, un bozzolo scomposto sul letto, tra le lenzuola, girata verso la finestra. Non mi aspettava così presto, anche se papà le ha letto la mia lettera ieri sera.

«Ciao mamma» riesco ad articolare forzando un sorriso, un taglio obliquo che mi attraversa il volto.

«Amore mio... che bella sorpresa...» Questa sì è luce che riempie la stanza.

Mia madre fa per alzarsi, non le piace stare sdraiata, si aggiusta la vestaglia e i capelli con gesti rapidi, con questo benedetto pudore di chi vuole sempre proteggere il mondo dai propri tormenti.

Ci abbracciamo, stropiccio ancora un po' quelle lenzuola grigie con la scritta "Azienda Ospedaliera". La allontano da me e la osservo: non la trovo male. Le sue braccia di ostetrica sono un po' dimagrite, il muscolo afflosciato per l'inattività forzata. I capelli, raccolti sulla nuca, ci sono tutti, più bianchi ma folti, in barba alla chemio con cui l'hanno tartassata negli ultimi mesi.

Ci guardiamo e sembra passare un tempo lungo, non quei pochi minuti sgocciolati giù sul pavimento consunto, contro l'acciaio freddo della testiera.

Respiro di sollievo vedendo che non ha tubi né flebo. Penso come è bella la mia mamma, e come ho potuto non rendermene conto così chiaramente fino a questo momento.

Parliamo di tutto e di niente, è lei a salvarmi da questa paura del vuoto, di non sapere dosare parole e silenzi. È mia madre e la conosco da prima di conoscere me, ma la tratto come fosse un cristallo prezioso e fragile, come se anche una frase fuori posto potesse scalfirla irrimediabilmente. Lei cancella ogni imbarazzo con la sua risata forte. Vedi, mi dico, una che sta per morire non ride così, poveri medici scemi, uccellacci del malaugurio.

Mi attacco a tutto ciò che posso, per non sprofondare. Aggrapparsi alla speranza non è mentire a se stessi, ma un po' gli somiglia.

Mi chiede come va con Tancredi, gli vuole molto bene, lui

l'ha conquistata con la certezza di un sentimento duraturo che ogni madre sceglierebbe per la propria figlia. Mi dice: «Guarda che aspetto i nipotini» e tutto l'argento del suo sorriso non nasconde la crepa d'incertezza che per un attimo le graffia gli occhi.

Le rispondo: «Presto mamma, vedrai» ma penso che oggi quei suoi occhi blu abisso sono uno specchio troppo grande, in cui la mia faccia minuscola si perde.

Mi salva il drin-drin del campanello: lo suona la sua vicina di letto, una donna anziana con un volto scavato che colleziona afflizioni, raggrinzito come un sacchetto per il pane gettato nella carta straccia. Arrivano due infermiere solerti a regolarle la flebo.

Una ha una nuvola spumosa di capelli rossi, così sottili da sembrare inconsistenti, e il ghigno severo, gli angoli della bocca reclinati in basso, in una posa di rimprovero perenne. Lo sguardo lontano e tagliente, di certo indurito da tutte le brutture che le galleggiano intorno giorno dopo giorno.

L'altra è grassottella col viso rubicondo, forse troppo giovane per aver smarrito la dolcezza dentro quei dolori. Ha una frangia corta nera che sbuca dalla cuffia calata sulla fronte, sopra gli occhi che scintillano di carbone.

È lei che più tardi mi parla con un sorriso vacuo, allenato a dissimulare notizie drammatiche. È lei che mi dice cose che non mi interessano e che non vorrei sentire. E che non sento. Perché la mente se ne va in giro per quelle stanze che trasudano odori – piscio, minestra, disinfettante – se ne va in pensieri di odio per questa donna, innocente ma *salva*, che mi parla con tono professionale. Allora penso a come non vorrei fare il suo lavoro, e con una punta di disprezzo la immagino lavare culi e svuotare pitali per il resto dei suoi giorni.

Mi dice dei valori di mia madre, della sua febbre e della pressione, come la conoscesse meglio di me. Come se l'averle infilato per giorni il termometro nell'orecchio le desse la confidenza per raccontarmi di lei. A me che sono carne e cartilagine che ha preso forma e sostanza nel suo grembo allora florido, capace di generare vita e non cellule deviate.

Chiudere gli occhi per non vedere – come fanno i bambini – non cancella la realtà, ma l'allontana di un passo.

Era forte mia madre, una roccia nascosta dietro pareti morbide. È nata prima di quattro fratelli. Solo lei e la sorella sono sopravvissute, i due maschi sono morti quando avevano pochi mesi uno, pochi anni il secondo. Cose che potrebbero schiantare di dolore una madre, a pensarci ora. Ma erano altri tempi e la sofferenza andava messa da parte per garantire una sorte migliore ai sopravvissuti. Era mica da tutti superare l'infanzia.

Agnese ha visto nascere i suoi fratelli, uno dopo l'altro, per questo ha scelto di fare l'ostetrica. Ha sempre pensato che la vita fosse più forte, anche dopo aver spiato quei poveri corpicini sul letto di morte. La sua famiglia era povera, contadina. Lei lavorava per pagarsi gli studi che le servivano a realizzare il sogno. Allora non ci volevano troppe scuole, ma soprattutto esperienza. Così ha cominciato molto giovane a fare praticantato all'ospedale di Rovereto.

È lì che ha conosciuto mio padre. Era un giorno di primavera, me l'avrà raccontato mille volte. Antonio, che all'epoca viveva a Rovereto con la madre, si era slogato un polso lavorando e, mentre aspettava che lo medicassero, aveva visto passare questa donna bella, luminosa e orgogliosa nel suo camice bianco.

Ha sempre avuto un passo fiero mia madre, autoritario. La sua camminata riusciva a trasmettere le sue sicurezze, la determinazione con cui calcava le strade del mondo. Fu quello che lo fece innamorare, confessò poi mio padre, quell'incedere senza incertezze.

Così la cercò con un pretesto, quel giorno in ospedale, le chiese informazioni sul reparto fingendo che una cugina dovesse partorire. Mi viene da ridere, a pensarci adesso, a quel giovane goffo che su due piedi si inventa una scusa per abbordare la bella dottoressa che gli sfila davanti. Conoscendolo, sarà certamente arrossito. Avrà guardato in basso mentre mentiva, concentrato sulle scarpe scalcagnate che usava per infilarsi dentro sgabuzzini asfittici o arrampicarsi sui pali ad accendere luci. E mia madre se ne accorse, ma lo lasciò fare, attratta da quella timidezza onesta. Gli diede le informazioni che chiedeva, indugiando sui dettagli, carezzandolo con lo sguardo, appena consapevole di un'attrazione che stava nascendo. E, a fine turno, aveva accettato il caffè che lui le aveva offerto al bar di fronte all'ospedale.

Non capita spesso: riconoscersi al primo colpo e *trovarsi*, semplicemente. O forse è il ricordo che ha reso perfetto ciò che nella realtà è stato più laborioso. Fatto sta che da quel giorno hanno preso a frequentarsi. Mia madre lo ha preferito ai diversi spasimanti che aveva in giro per la valle, mio padre ha interrotto le saltuarie frequentazioni che puoi permetterti senza troppi pensieri quando hai vent'anni. È stato un amore facile, fatto di cose piccole. Le uscite con gli amici, i sabato sera a ballare nell'unico locale della zona, le camminate nei boschi, fare l'amore nei prati al tramonto dietro ai covoni, complici, ridendo, di nascosto dai contadini che fanno avanti e indietro per far su il fieno. È stato un tempo morbido, con pochi spigoli.

Dopo è venuto il matrimonio, mia madre vestita con una gonna blu e una camicia bianca, mio padre coi pantaloni a zampa. La piccola chiesa del paese era un alveare in festa tra le montagne, parenti e amici stretti intorno, manciate di riso sul sagrato, risate grasse di quando si va a fare baldoria. Ho guardato tante volte le foto: donne vestite di chiaro, uomini con cravatte improbabili, bambini che corrono fuori dallo scatto – immortalati solo per un braccio o un profilo in movimento.

Dopo qualche anno sono arrivata io. Mi hanno cercata parecchio, mia madre cominciava già a temere il paradosso della levatrice sterile, di un destino che si fa beffa dei sogni più resistenti. Invece eccomi, il test positivo, la pancia che cresce con la sua promessa di vita.

Un'infezione seguita a un parto difficile non ha risparmiato le tube di mia madre che ha perso la possibilità di fare altri figli.

«Lei ci hanno dato e lei ci terremo» ha detto stringendomi al seno, con quella praticità coraggiosa che non permette a nessuno di metterla in ginocchio.

Anche adesso, lei è in piedi, salda per come può. Anche

adesso che le sono accanto e l'aiuto a lavarsi i capelli, le parlo di me e dei piani per il futuro, come se nulla fosse.

Così passa il pomeriggio e anche la sera, e i cinque giorni seguenti. In quella camera minimale mio padre e io trascorriamo con Agnese tutto il tempo che ci è permesso, dal mattino quando il personale paramedico ha appena terminato il giro, alla sera quando manca poco allo spegnersi delle luci.

Ci sono piccoli riti quotidiani, in un ospedale, ripetitivi e rassicuranti come una cerimonia: il cambio delle lenzuola all'alba con tutte le finestre spalancate, pressione e febbre, medicine inghiottite controvoglia, le visite, i pasti sciapi, il giro della sera e il clic definitivo dell'interruttore a sancire la fine, anche per oggi, delle ore di veglia.

Perfino in un reparto dove aleggia la morte, l'attaccamento alla vita si consuma nel perpetuarsi di gesti piccoli, sempre uguali.

Al quinto giorno sono ripartita, più per dar retta a mio padre che per reale convinzione: «Chissà quanto resta così mamma, senza migliorare né peggiorare. Tu devi tornare alla tua vita, conservarti il lavoro, che di questi tempi, lo sai... E poi come gliela spieghiamo a tua madre questa tua permanenza qui?».

Frastornata e spiazzata dalle sue argomentazioni, sono ripartita per Torino, incapace di decidere per conto mio.

L'ho fatto in mattinata, dopo un altro bacio a mia madre, su quella sua faccia con poche ombre. Mi ha detto: «Vorrei che non andassi più via, bambina», un sussurro quasi impercettibile.

Se potesse telefonarmi il Futuro, mi direbbe che quelle parole avrebbero scavato un solco così profondo dentro i miei pensieri durante le notti insonni, che niente avrebbe più riempito quei buchi.

4

Coincidenze, mai

Di nuovo sul treno, gli occhi fuori dal finestrino a riempirsi di immagini senza significato. Sovrappensiero mi tormento le dita delle mani, come fosse colpa loro. Poi mi viene in mente che a casa, in camera mia, ho trovato una lettera di mamma, scritta poche ore dopo la mia nascita. Me l'aveva consegnata quando ho compiuto sedici anni, o giù di lì.

Non ho avuto il coraggio di leggerla, ma un gesto istintivo, al mio posto, l'ha infilata nella borsa, tra le pagine del libro appena cominciato. Eccola, rigiro quei due fogli ingialliti, strappati a un quaderno trentatré anni fa. Decido che non posso rileggerli ora, che non è il momento, devo ripiegarli e ricacciarli indietro, tra gli oggetti inutili che mi porto appresso, tra gli anfratti delle cose a cui non voglio pensare. Ma mani e occhi disubbidiscono – un'improvvisa svolta anarchica – e mi ritrovo a scorrere parola per parola quella grafia regolare, appena increspata dallo sfiancamento del parto.

Sei nella culla qui accanto al mio letto, hai mangiato da poco e ti ascolto respirare nel sonno, e il tuo respiro come mi rassicura, sapessi.

Sono stati giorni intensi e difficili, pieni di emozioni, di paure.

Il dolore del parto, innegabile, la battaglia spossante e bellissima combattuta per la vita, insieme.
Sei così piccina e apparentemente fragile che già racchiudi – mia fragolina di bosco, piccola bacca selvatica – tutto ciò che c'è di prezioso al mondo. I tuoi occhi vispi da folletto, il nasino all'insù che tende a sinistra, la bocca rosa e lucida. Le smorfie che fai, io le vorrei trattenere e custodire per sempre, lo sai? E la tua presenza morbida è già capace di allentare le tensioni; perché quando ti addormenti sulla mia pancia le ansie svaniscono e la mia mente si quieta.
Avevo paura di non saperti amare da subito e invece, dal momento dopo il parto, quando tutta sporca di me e cianotica per lo sforzo ti hanno messa sul mio seno, ho sentito che sei mia, e che niente, nessuna cosa ha più senso, senza te. Ti amo già di un amore completo, che non credevo possibile.
Mi piace la tua pelle e il tuo odore di borotalco, mi piace come segui la mia voce e stringi le ditina intorno al mio dito. Mi piace come ti muovi, quando ti metto sul mio petto e sembri un animaletto pieno di capelli che cerca qualcosa di buono. E poi apri quegli occhietti, ancora colore del cielo buio, su un mondo fatto di intuizioni.
Ascoltami. Vorrei che crescessi veloce, per vederti più forte, e vorrei che restassi a lungo così minuscola, una briciola di me da tenere tutta tra le braccia, pelle su pelle nell'intimità più assoluta che esista, inerme e abbarbicata al mio respiro.
Soffro a pensare che dovrò lasciarti al mondo, prima o poi, che sei una vita separata dalla mia, per quanto adesso viviamo in simbiosi. Vorrei risparmiarti tutti i pianti, tutti!, il dolore delle coliche e dei dentini, e tutti quelli che poi nella vita per forza verranno. Come vorrei.

Ma so che per diventare persone equilibrate si passa da lì, da questa strada non sempre diritta. Mi credi? Perché, mia piccola mentina, i tuoi viaggi sono appena cominciati. E io spero che saranno ricchi e avvincenti, e pieni di storie di sole e di neve. Pieni di amore da dare e ricevere, di scelte coraggiose da fare. Così domani sarai una donna solida sulle tue gambe e luminosa come il tuo bellissimo papà, anche lui così innamorato di te.
Ti abbiamo trascinato dentro questo mondo sbilenco (generosità o egoismo?) e ce la metteremo tutta per guidarti nel modo più giusto, ammesso che un modo giusto ci sia.
Spero che tutta questa tenerezza tra noi non passi e che il tuo viaggio più importante sia dentro il cuore, per sentire DAVVERO *quando canta la vita, per viverla come il dono complicato e meraviglioso che è.*

Ti amo e non sono più altri che la tua mamma, mio semino di mela, insegnami a essere degna di questa tua fiducia completa, di quando t'abbandoni tra le mie braccia impacciate.
Buona vita e buona avventura. Insieme.
Agnese.

Resto così, immobile, i fogli in grembo, una folata gelida che intirizzisce lo stomaco, vento e sabbia. Senza la possibilità di un pianto che mi consoli e che attenui lo spasmo che mi comprime.

Succede in quel momento. «Scusa.» Alzo gli occhi e noto un ragazzo seduto di fronte a me. Deve essere entrato nello scompartimento mentre ero intenta a leggere, non me ne sono nemmeno accorta. Ha in mano il mio segnalibro, il cartoncino blu e viola con la scritta *Se ami leggi*, che deve essere scivolato fuori dalle pagine del libro che ho sulle ginocchia.

«Grazie» e allungo la mano.

«Ti senti bene?» mi chiede lui, guardandomi serio. Deve avere suppergiù la mia età, ma ha una ruga profonda in mezzo agli occhi. Un taglio netto, che non stona con il suo sguardo fondo e criptico. Le sue mani sono affusolate e le vene sfiorano la pelle olivastra, ha capelli scuri e sottili, scompigliati e folti.

«Sì sto bene, grazie, tutto a posto» cerco di sgusciare via da una probabile conversazione. Ma qualcosa mi frena, perché continuo a scrutare il suo volto, calamitata.

«Non si direbbe, sei pallida.» Nemmeno lui ha intenzione di lasciar andare il mio sguardo per ributtarsi tra le pagine del block notes che ha tra le mani. Mi allunga una caramella alla menta, insieme a un sorriso sghembo, a metà fra timidezza e stupore.

Potrei liquidarlo semplicemente rifiutando la sua mano tesa e voltandomi dall'altra parte. Potrei tornare alle mie disperanti immagini mentali e relegare quello sconosciuto tra i volti che mi scorderò alla prossima fermata. Invece mi aggrappo a quella mano, a quei denti bianchissimi e appena irregolari, al suo odore fresco di menta e tabacco.

Sarà che mi pare troppo gramo quel vortice di pensieri lì in agguato dentro la mia testa, o sarà che quell'uomo con la caramella ha un viso che parla d'altro, di qualcosa di vagamente familiare che mi fa bene. O forse è solo la necessità di scordarmi per un po' di me stessa.

«Cosa scrivi?» scivola fuori da sola la domanda, mentre osservo il suo quaderno e la biro.

«Fiabe. Per bambini.» Devo averlo guardato stupita. «È il mio lavoro. Un po'. Soprattutto è quello che mi piace fare. Per questo ti ho chiesto se qualcosa non va: ho imparato a riconoscere lo sguardo di una bambina vittima del sortilegio di una strega.»

Rido. Così. Senza un reale motivo e dopo giorni e giorni.

«Sono Anita» gli dico; una risata oggi vale bene una presentazione «e mi piacerebbe tanto sapere se esiste un modo per sciogliere l'incantesimo.»

«Mi chiamo Arun.» Si fa serio, come se gli avessi fatto una domanda a cui non può rispondere. «La formula per liberarsi da un sortilegio la si trova sempre. Ogni tanto, però, bisogna lasciare in cambio qualcosa di sé.»

Vede la mia perplessità e si scrolla via dal viso un'ombra fugace. Mi chiede del mio lavoro, racconta che abita anche lui vicino a Torino, ma che va spesso in Trentino perché segue un progetto da quelle parti.

Chissà quante volte ci siamo incrociati, sulle stesse traiettorie, A Torino ci sono stato da poco a vedere uno spettacolo di Dario Fo, Davvero? Anche io adoro Dario Fo, Allora avrai letto "Morte accidentale di un anarchico", Certo un paio di volte almeno, con tutti i treni che prendo ultimamente ho molto tempo per leggere, Ma perché torni così spesso a casa dei tuoi?...

Così capita che un dialogo nato per caso con un passeggero qualunque del Milano-Torino prenda una strada tutta sua, ingovernabile, e tu, senza nemmeno accorgerti, arrivi proprio a quel punto, a quel grumo che hai dentro e che cercavi in tutti i modi di nascondere. E senza sapere perché, ti metti a nudo, non risparmi niente, davanti a occhi sconosciuti offri la tua anima vulnerabile come una spogliarellista esibisce a un pubblico rapito la propria intimità.

Lui non perde una sillaba, incurante delle occhiate dei compagni di viaggio, una suora attempata e florida e una giovane coppia presa in conversazioni private. La fermata ci sorprende dentro un mare di parole, due velisti alla deriva.

Guarda fuori dal finestrino e riconosce la sua stazione, raccoglie veloce il giaccone: «Perdonami Anita, sono arrivato». E sparisce come un paio d'ore prima era comparso. Sul sedile però rimane un'agendina; deve essergli caduta di tasca. La raccolgo e mi dico: *Che strano, uno scrittore di fiabe dovrebbe sapere che è Cenerentola che perde la scarpetta, e non il principe*. Metto l'agendina in borsa stupendomi di quel pensiero fuori luogo e guardo l'orologio: tra poco devo scendere anch'io.

Se potesse telefonarmi il Futuro mi rivelerebbe che la specialità della Vita è quella di tessere trame e incrociare destini. E mi consiglierebbe di non credere alle coincidenze, mai.

5

Il rumore assordante dell'assenza

A Torino mi aspetta Tancredi. Sono felice di vederlo, lo avevo sentito mentre ero sul treno, ma mi aveva detto che non sapeva se sarebbe arrivato per tempo in stazione. Invece eccolo, in piedi accanto al binario, per una volta una bella sorpresa. Gli vado incontro stancamente, ma felice al pensiero che non dovrò passare la serata a specchiarmi nei miei cattivi pensieri. Lo abbraccio e andiamo da me.

Alice non c'è, è via per una breve tournée, ma mi ha lasciato il frigo pieno delle cose che mi piacciono e un biglietto sul tavolo: «Anche se io non ci sono, qui ti aspettano i miei pensieri felici. Bentornata, piccola».

Alice e le sue premure dolcissime.

Preparo un piatto di pasta per due. Intanto aggiorno Tancredi sullo stato di salute di mia madre, su come siano stati faticosi quegli ultimi giorni in Trentino. Le parole escono a fiotti, intervallate da lunghi silenzi. Mi fermo per scolare la pasta, per tagliare il pane, per apparecchiare la tavola. La verità è che non so bene cosa dire.

Tancredi mi ascolta con quel suo modo un po' paternalistico, con l'espressione di chi pensa di dover ridimensionare i timori di una bambina spaventata. Mi chiedo se creda a ciò che gli sto dicendo, se pensi che esageri, o semplicemente se quella sia la sua maniera di affrontare le emozioni che non conosce: trasformandole come fa con i suoi scatti. D'improvviso sul letto d'ospedale di mia madre cala un'incoraggiante luce rosata, le sue guance sono più rosse, i fiori sul comodino sgargianti: questo, almeno, è ciò di cui vorrebbe convincermi. Con scarsi risultati.

Ci sediamo per mangiare e lui ha già cambiato discorso. Mi parla di quel progetto che certamente gli stravolgerà la vita e lo renderà un grande fotoreporter. Ascolto questa fantastica idea che gli permetterà di girare il mondo e arricchirsi vendendo le sue immagini con l'interesse che riserverei a un documentario sui lepidotteri.

Ad ogni modo mi fa bene avere una voce che copre il ticchettio della pendola appesa al muro e avere accanto un corpo che non mi fa sentire il rumore assordante dell'assenza. Così gli chiedo di dormire da me. «Per favore Tancredi, preferirei non restare sola questa notte.»

Lui mi risponde: «Amore mio cerca di capire, ho rubato questo paio d'ore al lavoro, ma adesso c'è Marco che mi aspetta, non posso proprio, domattina dobbiamo vedere Baruzzi prestissimo e il materiale deve essere pronto, altrimenti è un attimo che cambia idea, lo sai vero quanto ci tengo, ma domani sera vengo da te, presto, e...».

Non so di più, ho smesso di ascoltarlo dopo *Amore mio*: la frase comincia sempre così quando la risposta è un no.

Un'altra mezz'ora rosicata di frasi vuote buttate lì e poi lo accompagno alla porta, *D'accordo, sì, buon lavoro, a domani. No, non sono arrabbiata, davvero, 'notte.*

A letto i miei pensieri ritrovano mia madre su quelle lenzuola grigie dell'"Azienda Ospedaliera", nella penombra della stanza dopo che le infermiere hanno spento le luci. In ordine sparso, intorno, c'è un lavoro che mi serve giusto a non morire di fame, ma che rischia di ammazzare ogni giorno le mie residue aspirazioni. E ancora questo amore stinto, pieno di interrogativi che mi si aprono come voragini sotto i piedi.

Per non caderci dentro mi dico che succede in ogni lunga relazione, che è da sciocchi pensare che la passione sopravviva alla ripetitività del tempo. È da parecchio ormai che parliamo di matrimonio, Tancredi e io: non posso certo tirarmi indietro a un passo dall'altare.

In verità fino a ora è stato lui a temporeggiare. Certamente sono io la donna della sua vita, di questo è sicuro. Come è sicuro che presto organizzeremo la cerimonia che desidero. Solo, vorrebbe prima *riuscire in quel progetto, realizzarsi professionalmente, sistemarsi come si deve, insomma*. Questo mi dice ogni volta che affrontiamo l'argomento. Ma ci siamo quasi, lo sento. E io sogno da tanto tempo di essere sposa. L'abito bianco, le rose in chiesa, lui che mi guarda rapito mentre rispondo che *sì, lo voglio*. Perché è questo che desidero e i dubbi che un po' mi rosicchiano dentro sono soltanto stanchezza.

Mi alzo e mi metto al computer. Scrivo un'altra lettera a mia madre, come faccio spesso ultimamente, perché so che per lei è una boccata d'ossigeno. O almeno così mi riferisce mio padre: lo immagino seduto sulla seggiola scomoda – occhiali sul naso e smartphone in mano – a leggere ad Agnese queste poche righe. Benedetta tecnologia.

Prima di mettere mano alla tastiera mi chiedo quanto si possa mentire per non far soffrire chi ci ama. La risposta arriva fulminea: moltissimo.

Torino, 26 gennaio 2014

Ciao mamma,
sono da poco arrivata a casa, ma visto che non riesco a dormire ho deciso di dedicarti un paio di righe della buonanotte. E poi non voglio disturbare il sonno di Tancredi che riposa di là. Lui è sempre così premuroso, lo sai, che ha deciso di non lasciarmi sola questa notte, anche se domani dovrà alzarsi all'alba per un affare importante col suo socio Marco. Mi ha chiesto molto di te e dice che non vede l'ora di venire a trovarti. Così ti dirà di quel nostro progetto. Ci piacerebbe tanto che fossi tu ad aiutarci a preparare le nozze, mammina. Lo sai che hai una figlia casinista cronica, rischierei di non riuscire nemmeno a organizzare il rinfresco.
Quindi esci presto da lì, che ho bisogno di te. E poi te l'ho detto, vorrei presto un figlio e qui servono i nonni. Sarà il caso che tu e papà vi trasferiate a Torino, almeno per i primi mesi. Poi magari, chissà, potreste innamorarvi di questa "metropoli" e decidere di fermarvi qui. Che ne pensi?
Dài, fai presto, rimettiti in forma! Ricordi cosa mi dicevi quando ero piccola e me ne stavo con quelle brutte influenze rannicchiata sul divano? Mi dicevi: «Guarisci presto, bambina mia, che la mamma ha bisogno dei tuoi sorrisi».
Ora sono io che ho bisogno del tuo buon umore e della tua vitalità, mamma. Più dell'aria che respiro.
Adesso torno a letto, domani all'agenzia sarà una giorna-

ta impegnativa, come sempre: quanto è dura fare carriera!!! Spero tanto che tu sia orgogliosa di me. E che questa notte sognerai i tuoi nipotini, perché verranno presto, vedrai!!! La prima sarà una bambina bellissima che avrà i tuoi occhi!

Un bacio a te e a papà.
Vi penso, Anita

Mentre clicco su *Invio* mi chiedo se questa sfilza di punti esclamativi denuncerà la danza di menzogne disseminate sul foglio.

6

Sole al mattino

Il mattino seguente mi sveglio dopo un sonno agitato.

Ci metto un attimo a fare mente locale sugli ultimi avvenimenti. E, ritrovato il filo, mi ricordo dell'agendina raccolta in treno e custodita nella borsa. La apro: Arun Agostini, seguito da un numero di cellulare. Sfoglio qualche pagina, in bilico tra curiosità e autocensura. Vedo annotazioni di impegni e citazioni di non so chi, frasi buttate lì con una grafia veloce, probabilmente spunti e idee per le sue fiabe.

Lo chiamo. Anche se non sono ancora le otto, non so perché lo immagino mattiniero.

Risponde al secondo squillo: «Anita, hai trovato l'agenda?».

Stupita di sentirlo pronunciare il mio nome, balbetto qualcosa: «Come fai a sapere che sono io?».

Lui è molto più sicuro: «Be', appena sceso dal treno mi sono accorto di aver dimenticato l'agendina sul sedile, e ho immaginato che l'avresti presa tu. Ho visto questa chiamata da un numero sconosciuto e ho fatto due più due». Se un sorriso facesse rumore, di certo lo sentirei attraverso il telefono.

Non so perché, ma il suo tono svagato mi rallegra. Così non esito a proporgli un incontro: «Allora che ne dici se ci vediamo, così ti restituisco l'agenda?».

Lui accetta felice: il rendez-vous è per il tardo pomeriggio, subito dopo il lavoro.

Esco dall'ufficio e mi dirigo al Balon, lo storico mercato torinese. Prima di arrivare al luogo dell'appuntamento, do un'occhiata in giro alle bancarelle stracolme di cose perfettamente inutili: mi è sempre piaciuto perdermi in questo mare di cianfrusaglie.

Entro nel bar, un locale accogliente con interni in legno, le volte in mattoni e, in omaggio alla tradizione piemontese, un piatto di uova sode sopra il bancone, per aperitivo. Arun è lì, seduto a un tavolo, un caffè e il suo immancabile quaderno davanti al naso. Così immerso nella scrittura mi sembra diverso dal giorno prima. Ancora più spettinato, ma quasi bello con quel maglione di lana spessa e i jeans lisi sulle ginocchia. Quasi affascinante con quegli occhi di un colore che non somiglia a nulla – un turbinio di foglie nel vento improvviso – e con quell'aria assolutamente fuori posto.

Mi guarda per un attimo come se non mi vedesse, impegnato a riemergere dal suo mondo.

«Anita» e gli occhi gli sorridono, il vento dentro sembra placarsi un po'. Mi siedo accanto a lui e ordino un caffè; pazienza se questa notte farò fatica a prender sonno.

«Come sta la tua mamma?» Non mi sono ancora sistemata al tavolo e lui già vuole sapere, senza quei filtri che userebbe una persona conosciuta appena il giorno prima. Gli dico che non ci sono novità, che l'ho sentita da un paio d'ore e non è cambiato nulla.

Ma ora sono io che salto tutti i convenevoli: «Ieri ho parlato soltanto io. Hai un nome straniero, eppure parli l'italiano come fosse la tua lingua madre...»

«Vivo in Italia da quando avevo quattro anni, ma mia madre era cambogiana.»

«Non c'è più tua madre?»

«No, sono orfano.»

Quest'uomo ha ascoltato in silenzio il mio lungo monologo, ieri in treno, si è lasciato riversare addosso tutto il mio dolore senza fare cenno al proprio. Senza nemmeno metter su la faccia di chi sta pensando *Sapessi cosa è successo a me.*

«Perché non mi racconti qualcosa di te, della tua vita?»

«Forse è meglio di no. Tu sei già piena di pensieri ed è una storia lunga. Sfibrante.»

«Per favore, Arun. Ho bisogno di pensare a qualcosa che non sia mia madre su quel dannato letto di ospedale.» E sono sincera.

Arun prende fiato, come indeciso se tuffarsi da uno scoglio troppo alto. Poi comincia a parlare. Quasi fosse una delle sue fiabe imparate a memoria: nessuno spazio all'improvvisazione.

Un fiume di parole, interrotto solo per ordinare qualcosa da bere.

«Tutto comincia da Fulvio Agostini. Mio padre, originario di Trento, era un giovane inquieto e curioso, giornalista in erba con il sogno in tasca di cambiare il mondo. A fine anni '60, Fulvio era a Parigi, assunto da un quotidiano francese di media importanza. Stava cominciando a farsi un nome e contemporaneamente cresceva il suo interesse per l'Indocina, soprattutto per la situazione che si stava profilando in Cambogia. Fu così che propose al direttore di farlo andare sul posto, per qualche mese, a confezionare un reportage. Partì in una mattina d'estate, con un biglietto di sola andata, una sacca con l'indispensabile, qualche libro e il taccuino. Atterrò a Phnom Penh, la capitale solcata da viali odorosi di giacaranda, e capì di essere sbarcato sulla luna. La Cambogia di quegli anni era una terra lenta, umida e calda, un acquerello di fiori di loto e palafitte dalle lunghe gambe affondate nel fango.

Cominciò a viaggiare, facendo base nella capitale. Fu durante uno dei suoi spostamenti per realizzare qualche intervista nei villaggi che conobbe Molyda. Una contadina, una donna dai fianchi larghi e dagli occhi profondi come pozzi. Se ne innamorò febbrilmente e capì che da lì, per lui, non ci sarebbe più stato ritorno.»

«Vuoi qualcosa da bere Anita? Ordino un bicchiere di vino.»

«Sì, grazie, anche per me, rosso» rispondo io. Mentre sorseggio il calice di Grignolino, Arun riprende il filo.

«Fulvio scriveva nei suoi quaderni che Molyda era un angelo scuro e bellissimo, con mani callose, radici solide come la gramigna e un animo marinaio che la faceva veleggiare con la fantasia. Scriveva "Ecco il senso del mio destino: svegliarmi ogni mattina accanto a un angelo nero e ai suoi voli senza meta".

«Trascorsero quattro anni così, vivendo di poco, con i fischi dei B-52 americani sopra la testa. Venne il 1974, e la fame. La situazione politica era sempre più spinosa e Molyda si scoprì incinta.

«Il travaglio durò tutta la notte, io nacqui all'alba, in casa, un fagotto pulsante di vita, guizzante come la luce del giorno. Molyda mi chiamò Arun: vuol dire *sole al mattino*.

«Era il 16 aprile 1975. Il 17 aprile i khmer rossi presero Phnom Penh. La popolazione fu evacuata; da quel momento le informazioni si fanno confuse e il destino della mia famiglia si intreccia con uno dei più assurdi genocidi della storia contemporanea. Ci vuole della pazzia per mettere al mondo un figlio in un momento così: ci vuole l'incoscienza di chi non vuol morire.»

Sento improvvisamente freddo. Non freddo: un brivido lungo. In un gesto meccanico mi abbraccio le spalle. Ho finito il vino, cerco il cameriere, voglio che quell'interruzione duri il meno possibile. «Altri due, per favore.» Osservo gli occhi di Arun per accertarmi che abbia la forza di raccontare ancora: ce l'ha.

«Fu poco dopo la mia nascita che cominciarono ad arrivare pressioni per rimpatriare Fulvio, e tutti i giornalisti occidentali. Lui rifiutò, ma quando si accorse che le sue influenti conoscenze non avrebbero potuto proteggerli ancora a lungo, decise che dovevano separarsi dal loro bambino. Era l'ottobre del 1978, e io venni affidato a un amico di Fulvio, un diplomatico cinese in partenza per la Francia. Un'impresa, in giorni come quelli, che aveva dell'incredibile. Mi dissero che sarei andato per qualche settimana dalla zia paterna, in Italia. Ma io non mi feci ingannare: i bambini sanno tutto, molto prima che la vita confermi le loro intuizioni. Quel giorno in aeroporto, quando l'aereo decollò, Molyda si accasciò su se stessa, e mentre guardava il cielo capì che i suoi voli immaginari erano finiti per sempre: del sontuoso angelo nero rimaneva un pennuto bagnato con le ali mozze.

«Le cose per me non andarono come previsto: anziché arrivare da zia Milva, la sorella di Fulvio, restai per quattro anni in un orfanotrofio di Riva del Garda. Quello fu il tempo necessario a Milva e a suo marito per potermi adottare.»

Quando Arun finisce di raccontare, fuori è buio pesto, ci sono quattro bicchieri vuoti macchiati di vino sul tavolo e io inebetita da quella storia incredibile. Colpevole di non conoscere praticamente nulla di questa carneficina così recente.

«Ma tu che cosa ricordi di quei primi tre anni, di tua madre e tuo padre?»

«Ho cancellato praticamente tutto. Di mia madre ricordo le ossa appuntite quando la sera mi faceva dormire sul suo petto. Conservo nella memoria anche il suo entusiasmo intrepido, quando si inventava tutte le cose che avremmo fatto insieme una volta tornati a casa. Erano cose bellissime, quelle che ci si immagina facciano le famiglie felici. O le famiglie normali. E poi ricordo la sua bocca come è ritratta nell'unica foto che ho: una marmellata di lamponi, qualcosa di dolce e profumato come era lei. Di mio padre non ho nessuna immagine, ma porto sempre con me molti dei quaderni dove prendeva appunti per i suoi articoli.»

«E degli anni in orfanotrofio? Cosa ti è rimasto?»

«Ricordo la paura della solitudine, più che la solitudine in sé. Ricordo che per sfuggire alle mie fantasie inventavo favole e mondi. Di giorno mi figuravo eroi e fate che ci venissero a salvare, e diventavano speranze reali in cui mi rifugiavo. La sera, quando le suore spegnevano le luci, raccontavo di questi luoghi incantati agli altri bambini. Era il nostro rifugio speciale.»

«Vorrei dirti che mi dispiace, ma sembra così stupido. Non capisco come tu sia riuscito a dare un senso a tutto questo.»

«Non so se l'ho trovato un senso. Però, come ti ho detto ieri, credo che un modo per spezzare un incantesimo ci sia sempre. Ma qualcosa di te la sacrifichi. Ho perso l'infanzia, la mia famiglia. Ma ho trovato la forza di salvarmi scrivendo, eredità di mio padre. Mi è rimasta la voglia di vivere come le persone comuni, di immaginare e sperimentare quel mare sterminato di possibilità che mia madre mi apparecchiava davanti agli occhi, talmente vivido e vero da non sentire più nemmeno la fame: andare in gita la domenica, vedere il mare, invitare gli amici a cena.»

Quando mi alzo per andarmene sono frastornata, come investita da un turbinio di emozioni che mi fischia nelle orecchie e da cui mi difendo a stento. Ci salutiamo sulla porta del bar che sta per chiudere, Arun mi chiede il numero di telefono e glielo annoto sul quaderno.

Mentre sono sulla strada di casa, non faccio che pensare al racconto, a quella sua ruga tra gli occhi che si faceva più spessa a ogni parola. Mi fa male anche solo indovinare cosa deve aver patito.

Immaginare un dolore profondo non è soffrire, ma gli somiglia.

Arrivata nel mio appartamento mi ricordo improvvisamente di non aver sentito Tancredi. Sarebbe dovuto venire da me. Istintivamente controllo il telefono, per la prima volta da quando sono uscita dal lavoro, e trovo un messaggio di un paio d'ore prima: «Anita, questa sera lavorerò fino a tardi, perdonami. Sono da Marco, chiama pure se hai bisogno, altrimenti ci sentiamo domani. Ti bacio».

Non so se essere sollevata perché non ha scoperto che mi sono completamente dimenticata del nostro appuntamento, o dispiaciuta per queste crepe sottili che si allargano qualche millimetro ogni giorno. L'incapacità di farmi sentire la sua vicinanza, in un momento come questo, mi delude e mi allontana.

Ripenso alle mie convinzioni sull'amore, un ballo per due. E mi chiedo se Tancredi e io, da un po' di tempo a questa parte, non stiamo ascoltando due orchestre diverse.

Pensieri che durano poco, scalzati dall'immagine di mamma, quella sua faccia sorridente ma pallida come una fetta di luna. Non la vedo da quattro giorni, e mi sembra passata una vita, forse perché non faccio che pensarci, non mi libero da questa contraddizione assurda: desiderare che il tempo passi veloce per non sentire più tutte queste lame trafiggermi a ogni passo, e volerlo fermare, per il terrore di perdere quello che c'è.

Mi viene in mente Arun, quella sua storia che è una ferita che non si rimargina. Penso a cosa il dolore abbia lasciato di lui, a cosa resterà di me. Spalanco la finestra per sentire che il freddo fuori è ancora più forte di quello che ho dentro. Penso che sono solo una piccola formica sulla crosta del mondo. Innocente e colpevole, come tutti.

Poi mi metto al computer.

Torino, 27 gennaio 2014

Ciao mamma,
ti ho sentita soltanto poche ore fa, ma ormai questa nostra buonanotte è diventata una consuetudine. Oggi è stata una giornata molto pesante al lavoro, ma lo sai come sono: quando una cosa mi appassiona mi ci butto a capofitto e pazienza se poi mi avanzano poche energie per tutto il resto. Stiamo seguendo dei progetti davvero interessanti e il capo sembra soddisfatto di me. Insomma, anche se ancora la paga è quel che è, in un periodo di vacche magre come questo non mi posso proprio lamentare.
Non te l'ho detto al telefono perché non ne ero certa, ma probabilmente la prossima settimana verrò da te: mi fermo una quindicina di giorni perché ho un sacco di ferie arretrate e quest'estate ci sarà troppo lavoro per riuscire a smaltirle. Sei contenta?
Sono felice che tu abbia dormito bene in queste notti, vedrai che la sospensione della terapia ti aiuterà a riprendere tutte le forze che hai speso nelle ultime settimane, e tornerai prestissimo a casa. Pensa che bello: tra un paio di mesi si scioglierà tutta quella neve ghiacciata ai bordi delle strade e cominceranno a spuntare le violacciocche. Mi ricordo quanto ti piacciono. Magari andiamo a raccoglierne un mazzetto e le usiamo per colorarci le uova, come facevamo quando ero piccola. Che poi la Pasqua arriva presto quest'anno, meglio non farci trovare impreparate.
Appena sei in forma ci facciamo una bella passeggiata nel bosco dietro casa, su verso le cascate e la Ca' del Monegatto, è una vita che non ci andiamo insieme, bisognerà che riprendiamo le buone abitudini.

Ho molte cose da chiederti, devo pensare al vestito, vorrei una cosa semplice. Papà mi ha detto che non fai altro che parlare del mio matrimonio, mi sa che sei più emozionata di me... So che ti piacerebbe che mi sposassi alla chiesetta di Obra ed è quello che voglio anche io, ci ho pensato. Appena starai bene mi accompagni tu, a parlare col prete? Che quello, burbero com'è, se ci vado da sola è capace di dirmi di no. A te non saprà rifiutare nulla, invece.
Abbiamo mille cose da fare, ma soprattutto vorrei che ce ne stessimo un po' tu e io a prendere il sole in cortile. È che mi piace tanto quella luce del mattino, quando i raggi ancora tremolanti vengono su dalla valle di fronte, e tutta l'erba manda via l'umido della notte. Con quella luce i tuoi occhi hanno il colore delle acque fonde quando vogliono custodire i loro segreti marini. E ogni volta che ci mettiamo lì a parlare del futuro mi sembra di vederlo brillare appena un po' più in là, tra il noce e la fontana.

Ti bacio, mamma, sogni belli.
Anita, la tua piccola bacca selvatica (ricordi?)

Ci si abitua in fretta alle finzioni, me ne rendo conto adesso.

E ora che mi sento un naufrago quando la zattera perde pezzi e il mare è squassato dai tuoni, vorrei soltanto che qualcuno avesse un'idea più chiara di me e del mio destino. Cerco pensieri rassicuranti come una carezza leggera sui capelli: andrà tutto a posto, mamma guarirà e piangerà, seduta in prima fila, il giorno del mio matrimonio. Come tutte le mamme del mondo: le si scioglierà il trucco e sarà bella lo stesso.

Se potesse telefonarmi, il Futuro mi direbbe che una parte di me sa già esattamente ciò che accadrà. È quella parte che viene sempre messa a tacere, perché c'è un tempo per tutto. E anche la verità deve aspettare il suo turno.

7

Come un lampo di vita

È mattino presto e sono in ufficio. Il solito viavai di gente e scartoffie. Autori in cerca di un editore, storie in cerca di un libro che le accolga: parole, parole, parole. La mia vita è fatta di parole da infiorettare, imbellettare, addomesticare.

Nel mio ufficio siamo in sei, tutti più o meno scontenti, per qualche motivo, di stare qui dentro. Chi fantasticava di diventare scrittore e ora si trova a fare da trampolino per i sogni altrui. Chi vede frustrate le proprie attese di carriera e gli tocca piegare il capo con gratitudine a ogni misero rinnovo contrattuale. Chi, come me, sperava in qualcosa di più creativo, più coinvolgente. E si accorge invece che l'attività qui dentro non è poi molto diversa da tanti altri lavori ripetitivi e sempre uguali, in un loop di azioni che si susseguono più o meno identiche. Speravo di avere un ruolo più interessante, scoprire nuove voci, aiutare storie bellissime a mettere su un paio di ali e prendere il volo. Invece, il lavoro più eccitante che mi è capitato ultimamente è stata la correzione di bozze di un saggio di economia monetaria sulla dinamica dei capitali. Vorrei chiedere al capo di mettermi alla prova su qualcosa di più avvincente, ma ho paura che mi etichetti come presuntuosa e ingrata.

Del resto, le prospettive in giro sono talmente misere che il lavoro ce lo facciamo andare tutti bene, non fosse altro che per sbarcare il lunario e continuare a pagare l'affitto, le bollette e la benzina.

La mia vicina di scrivania è senza dubbio la più indisciplinata di tutti, basta vedere quel cesto di capelli rossi in cui di continuo affonda la matita quando è concentrata davanti al monitor. Angela è tutto il contrario di ciò che suggerisce il suo nome, una trentenne travestita da teenager con le unghie perennemente laccate di porpora, rappresentante perfetta del moto perpetuo a velocità sostenuta.

Sto parlando con lei quando squilla il mio telefonino. «Scusa», ed esco, con il cuore in gola, come ultimamente mi capita a ogni trillo.

«Ciao Anita, sono Arun. Disturbo?» Mi rilasso, ma non del tutto.

«Arun, ciao, non disturbi, sono in ufficio, ma qualche minuto posso concedertelo» rispondo ridendo.

«Anche meno: volevo invitarti a vedere *Alegría*, lo spettacolo del Cirque du Soleil. Questa sera è al Palasport, a Torino.»

«Ma come fai a sapere che adoro il Cirque du Soleil?»

«Intuito.»

«Sei incredibile. In realtà dovrei chiedere a Tancredi, credo che questa sera avesse intenzione di venire a cena da me, e...»

«Tancredi?...»

Cado in una voragine di impaccio, rendendomi conto di non avergli mai parlato di lui. «Sì, è il mio fidanzato» lo dico come fosse l'ultima confessione davanti a un plotone d'esecuzione. Perché, poi? Ma ci ripenso all'istante e non gli lascio il tempo di ritirare l'invito: «Comunque sì, ci sono. Una serata al Cirque du Soleil non si può mica rifiutare facilmente.» Spero che senta il mio entusiasmo, più forte dell'imbarazzo che mi pesa addosso.

«Va bene, allora. Se mi dai il tuo indirizzo passo a prenderti, lo spettacolo comincia alle nove.» Ci accordiamo con poche parole, ho l'impressione che la sua voce sia appannata da un velo di delusione.

Quando riattacco il telefono mi domando perché mi sento così colpevole, e nei confronti di chi. La situazione non migliora quando chiamo Tancredi e gli dico che questa sera andrò *con un collega* a vedere lo spettacolo al Palazzetto, contando sul fatto che lui non spenderebbe mai tutti quei soldi per vedere «gente travestita da orso che salta da un trampolino all'altro». E infatti la telefonata non smentisce le mie convinzioni. Solo non capisco perché gli ho mentito, perché parlargli di un collega mi sia sembrato il compromesso migliore. È la prima volta che gli racconto frottole in tredici anni.

La sera arriva in fretta, mi ritrovo a casa a prepararmi per l'uscita. Mentre tiro fuori gli stivali dalla scarpiera, quelli con un po' di tacco che non metto per andare in ufficio, mi accorgo di qualcosa di strano, a cui non so dare un nome. Qualcosa che mi saltella in gola, piccolo e insistente come un grillo, ogni balzo è l'amplificarsi di un battito del cuore. Come avessi preso un caffè di troppo, come l'attimo prima di correre i cento metri ai giochi della gioventù.

Mi muovo veloce, tra lo specchio e il bagno, per lasciare indietro le domande.

È un po' come quando avevo vent'anni e l'aprile mi veniva a svegliare col suo corteo di colori e fiori nuovi. Stesa su un prato sentivo quel tepore che arrivava a sciogliermi i muscoli del collo irrigidito dal freddo, a carezzarmi le spalle con un solletico d'erba.

Mi rendo conto di quanto tempo ho passato senza respirare, ultimamente, senza lasciare che l'ossigeno portasse conforto ai miei muscoli contratti. Dalla diagnosi del tumore di mia madre, sei mesi fa, è come se avessi vissuto in apnea con un tarlo che scavava tutto il tempo, proprio qui, sotto la pelle, creando una barriera sottile e impermeabile che non lascia passare nulla.

Allora questa sera non mi merito anche io di tirare fuori l'ombretto e il mascara, e metter su un vestito che avevo scordato in fondo all'armadio? Stasera voglio lasciare a casa i tormenti e portarmi appresso una borsetta leggera, con dentro solo i trucchi e un sorriso sbadato.

Arun arriva puntuale, con un vecchio maggiolone cabrio blu notte, tenuto bene ma senza troppa cura per l'ordine all'interno. Lui scende ad aprirmi la portiera, non per essere galante, ma con un gesto tutto suo, accogliente. «Ben ritrovata, Anita» mi dice con quegli occhi senza un colore definito in cui oggi scintillano schegge giallo scuro.

Salgo in macchina, il vestito a fiori svolazza indisciplinato sotto il cappotto di ciniglia. Mentre guida per raggiungere il palazzetto, Arun mi guarda di sbieco, voltandosi a tratti verso la strada, come fosse una cosa che non gli interessa poi molto.

Il mio imbarazzo svanisce in pochi istanti e quando ci sediamo, in attesa dell'inizio dello spettacolo, sembriamo una coppia rodata. Chi direbbe che siamo al secondo appuntamento?

A volte, raramente, incontrarsi è riconoscersi.

Quando comincia lo spettacolo ammutoliamo, entrambi a seguire le nostre acrobazie mentali, come se ci fossimo anche noi, appesi a quegli aggeggi, a volteggiare come falene intorno alla luce di un lampione solo, che buca la notte. Osservo quei corpi tesi in uno sforzo ai limiti dell'umano e quelle facce che ridono incuranti della fatica. Penso che anch'io ero così l'altro giorno in ospedale, con un sorriso poco convincente mentre ogni pezzetto di me era impegnato a non andare in briciole e dissolversi, semplicemente.

Per quelle due ore di spettacolo mi sembra che tutto abbia una sua armonica coerenza. È come se d'improvviso mi trovassi a una festa organizzata apposta per me. Come se quel leitmotiv, *Alegría*, fosse la chiave di tutto, un guizzo dell'animo che mi riporta da me, in un luogo soltanto mio. Come se tutto in quel momento si ricomponesse: il lavoro senza passione, una relazione che non mi scalda più il cuore, persino la malattia di mia madre. Tutto diventa un grande paesaggio, chiaramente disegnato lassù: quel pagliaccio che prende la spinta per fare un balzo e afferrare il prossimo appiglio. Che sia la mano di un altro acrobata o il trampolino, non importa. È quello il momento che mi rappresenta, ora lo so: l'istante in cui ti prepari al salto e non sai cosa sarà del tuo volo.

Perché questa è la vita, ora lo vedo: la prova di un funambolo alla ricerca di equilibrio.

Se potesse telefonarmi il Futuro mi direbbe che alle volte insegna più un disegno nell'aria, di tante teorie sulla vita.

Una volta usciti, restiamo zitti ancora per un po', tutti e due con gli occhi pieni di quegli incantesimi di musica e muscoli. Nelle orecchie il ritornello si ripete come un mantra:

Alegría
Come un lampo di vita
Alegría
Come la rabbia di amar
Alegría
Come un assalto di gioia.

Per tutta la notte quelle parole mi riecheggiano nella mente, mi cullano in uno stato di sospensione tra il dormiveglia e il sonno.

Arun e io prendiamo a sentirci quasi ogni giorno. Si informa di mia madre, mi racconta del suo lavoro. Ci scambiamo parole come fossero confessioni, come fossero offerte. È tanta la voglia di raccontare, di stare a sentire, di andare a fondo, che, senza che me ne accorga, il telefono comincia a scaldare l'orecchio e la sera sprofonda nel buio. E noi ancora lì, a dire, a dire. Ma dire cosa, esattamente, non lo saprei raccontare. Ci scambiamo molto di noi: il mio modo di mordicchiarmi le nocche quando sono nervosa, la sua paura dei pipistrelli, i miei capelli sempre perfettamente in ordine, un senso di inadeguatezza che spesso mi tiene distante dal mondo, i suoi piccoli riti prima di mettersi a scrivere, tutto il tempo che ho passato a scongiurare il tempo che passa. C'è così tanto, di me, in queste telefonate, che mi domando quando è stata l'ultima volta che ho parlato con Tancredi con questa intensità. Deve essere successo per forza, forse all'inizio, anni fa: ma perché non ricordo niente?

Continuo a domandarmelo anche quando un paio di sere dopo esco a cena con Tancredi, insieme a Marco, il suo amico e collega fotografo, e la fidanzata Diana. Si festeggia la promozione di lei, giovane avvocato in carriera. Hanno scelto di celebrare l'avvenimento da *Le Colline*, uno dei ristoranti più chic e costosi di Torino. Dicono fosse uno dei preferiti di Cavour.

Loro tre sono eleganti e disinvolti in quell'ambiente così formale. Diana è perfettamente a proprio agio nel suo strettissimo abito Paul Smith, e con la Falabella di Stella McCartney appesa al braccio ondeggia su un paio di décolleté dal tacco spropositato. Mi sento fuori luogo con la mia longuette, le francesine di vernice e la camicetta chiara. Seduta a questo tavolo, posso tranquillamente essere scambiata per una delle loro assistenti.

Parlano di continuo, mescolando gossip, lavoro e progetti ambiziosi; io li ascolto restando fuori dalla conversazione.

«Hai sentito di Lorenzi? Pare sia riuscita a entrare nell'Ordine dei Giornalisti...»

«Be' se ce l'ha fatta lei... Non dev'essere un'impresa!» Risate di scherno.

«Comunque, quando riesco a far colpo su Di Biagi, un servizio su *Life* non me lo leva nessuno...» Risate di intesa.

Sanno esattamente quello che vogliono e hanno chiari in mente tutti i passi per arrivare all'obiettivo. Tanto che mi sembra di essere a un corso di tecniche automotivazionali. Osservo Tancredi, il suo interloquire affabile, il gesticolare veloce. Lo consideravo elegante, perché adesso i suoi modi mi sembrano affettati? Parla rivolgendosi ora a Marco ora a Diana, come se io non rientrassi nel suo campo visivo. Mi domando se lo abbia sempre fatto, se sono io che me ne accorgo soltanto adesso.

Poi mi scuoto: è invidia, la mia. Loro sanno perfettamente quale posto hanno nel mondo e io non capisco nemmeno quali posate usare per prime.

Il resto della cena lo passo sperando che arrivi presto il dessert.

Dopo poco più di una settimana dall'ultimo incontro, Arun mi invita a uscire ancora. È un sabato un po' freddo, con un cielo sgombro e diafano. Tancredi lavora, come ogni sabato, io rinuncio di buon grado alla routine casalinga del fine settimana e accetto di farmi venire a prendere. Siamo amici, continuo a ripetermi mentre lo aspetto, non c'è niente di male. Me lo dico come se cercassi di addomesticare il cuore alle bugie. Non so quale sia la destinazione, Arun si è solo raccomandato che indossassi roba comoda e non ho fatto fatica ad assecondarlo: jeans, il mio maglione preferito, quello blu, e scarpe da ginnastica. Mi guardo allo specchio, l'insieme non mi soddisfa. Come sempre, del resto. Questi capelli indisciplinati, questo incarnato troppo pallido. Anche la maglia mi sembrava stesse meglio. Il riflesso restituisce l'immagine di una donna insicura che studia se stessa mordicchiandosi le nocche.

Arriva puntuale, a metà pomeriggio, mi dice di non chiedere nulla. «Siediti in macchina e andiamo.» Sbircia sulla cartina tenendola inclinata per assicurarsi che io non veda la destinazione. Mi dice: «Faremo tardi stasera, spero non ci sia nessuno che t'aspetta». Lo dice senza aspettarsi davvero una risposta, solo per mettere le mani avanti. Parliamo, ascoltiamo musica greca e il sirtaki, io non faccio domande, mi lascio portare. Come è bello, ogni tanto, lasciare il timone.

Gli sto raccontando della mia passione per i Monty Python quando realizzo che i cartelli stradali annunciano il mare. Mi sta incantando con una serie di citazioni da *Cent'anni di solitudine*, mentre là in fondo, sotto il manto cinereo del cielo, si accende una striscia blu più intensa e liquida.

«Adoro il mare d'inverno!» dico senza riuscire a trattenermi. Ma non gli chiedo come lo sa, ormai conosco la risposta. Lui sorride mentre piega la cartina con una mano e con l'altra tiene dritto il volante.

Usciamo a Noli, un pugno di case colorate a pastello. Entriamo in un bar poco lontano dalla spiaggia, l'unico aperto in questa stagione senza turisti. Chiediamo di sederci fuori e ci guardano stupiti, non è giornata da *dehors*. Ma ci sgomberano un tavolino e lo coprono con un telo sbiadito dal sole. Ordiniamo due birre. Ce le portano insieme a olive verdi e qualche tartina.

«Ho pensato molto alla storia che mi hai raccontato sulla tua infanzia» gli dico, mentre il cameriere si allontana. Non avrei voluto scoperchiare un'altra volta il suo dolore, ma è più forte di me: devo sapere. «Cosa è successo quando sei uscito dall'orfanotrofio? E come hai ricostruito la storia dei tuoi genitori?»

Lui abbassa lo sguardo, si fa serio e racconta: «Quando sono uscito avevo otto anni, di mia madre e mio padre conservavo ricordi vaghi e appannati. Dopo mesi di pianti disperati, ho deciso di cancellarli, di tagliare il cordone, e così sono sopravvissuto al dolore che mi stava portando via.

«Solo molti anni dopo, alla soglia dei trent'anni, ho deciso di andare alla ricerca della mia identità. Sono tornato in Cambogia e sono riuscito a incontrare Dara, una cugina superstite di Molyda, che mi ha raccontato tutta la mia storia, per come la conosceva e la ricordava; mi ha dato una vecchia foto ingiallita, dei quaderni consumati e un vestito di mia madre: una stoffa stropicciata e sfilacciata che ormai non aveva più il suo profumo.

«Questo mi ha permesso di riabbracciare il nanetto ricciolo che ero stato, accarezzargli la testa e asciugargli le lacrime: finalmente gli ho perdonato di essersi fatto abbandonare dalle uniche due persone che aveva al mondo».

Arun giocherella con le dita sul bordo del bicchiere.

«Di Fulvio e Molyda resta poco. I loro nomi vanno a sommarsi all'elenco degli scomparsi durante il genocidio. Le loro anime, invece, me le immagino ancora in quell'aeroporto, il giorno della mia partenza, intente a seguire la scia del mio volo senza ritorno.

«Qualcuno ha raccontato a Dara che l'angelo nero venne ucciso da un guerrigliero poco più che tredicenne, perché sorpreso in ginocchio, a pregare. Non ci sono prove che questa sia la verità, ma nessuno mi ha più liberato dalla convinzione che mia madre sia morta ammazzata mentre pregava per me.»

«Perdonami, Arun, ti ho fatto intristire.» Senza rendermi conto, gli sfioro una guancia come ad asciugare lacrime che non scendono.

«No, Anita, anzi. Mi fa bene parlarne. Adesso però lasciamo da parte il passato e godiamoci questa serata insieme, ti va?» Mi sorride, e basta un sorriso così per togliere peso ai miei pensieri.

Mi stringo nella giacca, ma non sento davvero freddo, solo una tensione alla base della schiena che si scioglie man mano che bevo a stomaco vuoto. Il tepore dell'alcol mi illanguidisce e sento l'aria salmastra che mi gonfia i polmoni e mi fa più leggera a ogni respiro, più inconsistente. È bello, ogni tanto, sentirsi fatti di nuvola. Sganciare il carico che ci àncora a terra e fluttuare.

Non importa cosa ci stiamo dicendo, conta come mi guarda: come se il resto del mondo fosse scivolato fuori dal suo campo visivo e non restassi che io. La mia risata è più morbida, ed è quasi fuori controllo, quando ordina la terza birra. Ho persino smesso di chiedermi che cosa ci faccio qui, in questa sera umida e poco illuminata, con un uomo incontrato per caso una decina di giorni fa, che adesso mi carezza con gli occhi come fossi cosa sua. Non ci penso, mi godo soltanto la sua voce tiepida e il fiato del mare, indifferente, a pochi passi da noi. Era di questo che avevo bisogno: di questa euforia leggera, di questa dolcezza quieta tra i pensieri. Delle parole che diventano più rotonde, bagnate nel bicchiere.

Non so quanto tempo restiamo in quel bar, ma la notte è definitiva quando decidiamo di fare due passi, prima di tornare alla macchina.

Ci fermiamo a osservare dei vecchi che si sfidano a bocce. Urlando e gesticolando intorno a una striscia d'asfalto, si giocano la distanza dal boccino come fosse questione di vita o di morte. Vedo negli occhi di Arun, mentre li osserva, una commozione silenziosa. Contagiosa. Voltandosi, incrocia il mio sguardo e mi accarezza il polso. Il grido rauco d'un gabbiano segna il cielo. «Hai le mani fredde» mi dice, e una se la infila nella tasca del giaccone. Ho un brivido, mentre calpestiamo le nostre ombre sul lungomare.

Più tardi, in auto, quando la stanchezza e un pudore improvviso ci hanno resi silenziosi, ripenso a quegli uomini intorno alle bocce, alle loro mani concentrate sulle traiettorie del lancio. Si davano delle pacche sulle cosce se l'obiettivo era solo sfiorato; stringevano involontariamente i pugni quando, dopo aver fatto il meglio, non potevano che rimettersi di nuovo in balìa della sorte.

Mi domando se non sia poi questo il senso di tutto: restare vivi e presenti fino alla fine della partita.

Siamo di ritorno a Torino e mezzanotte è passata da poco. Lo guardo seduto al mio fianco e adesso mi sembra bello, nella penombra della macchina, immerso in qualche suo percorso interiore. Zitto. Sfuggente come è lui.

Prima di arrivare a casa, però, devia. «Non ti spaventare» mi dice «ho una cosa da darti.» Ci dirigiamo verso la collina e il monte dei Cappuccini, poi prende una strada che non conosco, su verso Superga, e arriviamo in uno spiazzo, un ritaglio di campagna con vista panoramica su quella trama di luci che è la città. Per tutto il tragitto rimaniamo in silenzio.

Parcheggia e mi consegna un foglio, scritto a mano e piegato in due.

«È tua.»

«Che cos'è?»

«Una cosa che ho scritto per te. Anzi, una cosa che ho visto di te.»

«E adesso?»

«Leggila» e accende la luce di cortesia.

Leggo.

La prima cosa che ho notato in te, sono due germogli d'ali sotto le scapole. Le nascondi a te stessa con movimenti goffi e paure a cui non vuoi rinunciare. Non sai d'averle, ma ci sono. E da troppo tempo aspettano di sbocciare.
Anita, si può tutto. Liberati dal bagaglio di dolore che non puoi sopportare. Il tuo paracadute è troppo ingombrante, ti intralcia il passo, ti sbilancia. Devi disfartene, se vuoi volare. Reclama quello che ti spetta, cammina nella direzione dei tuoi desideri profondi. Scegli tu, sempre. Pure quando sembra impossibile anche soltanto esprimere una preferenza. Decidi la strada per riuscire ogni sera ad addormentarti dentro te stessa.
Coltiva l'anima luminosa che si intravede dagli spiragli che lasci aperti e poi lascia fare al vento: se gli parli con voce libera ti saprà portare.

Ecco, volevo dire solo questo: che non usare quelle ali sarebbe un sacrilegio.
Perdona, se puoi, la mia invadenza e questi sproloqui da cantastorie.
Arun

Alla ricerca di qualcosa da dire, continuo a fissare il foglio per lunghi istanti.

«È molto bella, Arun. Ma come hai fatto a vedere tutte queste cose?» Sono sorpresa. E onorata. Ma soprattutto confusa.

«Da quando sono piccolo, ogni volta che incontro una persona significativa per me, mi viene in mente una storia, o una poesia, o delle frasi, che hanno a che fare con la sua vita. Non lo so spiegare, Anita, tutto quello che so sta su quel foglio. È come se entrassi nella zona segreta di qualcuno. E in cambio di questa involontaria violazione metto tutto nero su bianco.»

«Ti è capitato spesso?»

«No. E non lo decido io, succede e basta. Mi è capitato in certi luoghi, è come se un posto mi suggerisse una vicenda da raccontare. Molte delle favole che ho scritto sono nate così.»

«Mi sa che devo rileggerla, per capirla per bene.»

«Lo so. A volte ci vuole un coraggio inaudito per guardarsi dentro.» *Sì, come sporgersi su un crepaccio esposto a tutti i venti, in bilico sul niente*, penso. Adesso mi guarda dritto negli occhi, sembra sul punto di rivelarmi un segreto.

«Ma hai detto che ti capita con le persone per te *significative*. Io… tu nemmeno mi conosci» ribatto.

«Questo ha a che fare con l'altra cosa che devo dirti» parla lentamente, un bambino che sta cercando di mettere ordine tra le parole appena imparate. «Io non mi sono mai innamorato. Forse ero troppo concentrato su me stesso. Ho avuto qualche breve relazione, sì. Solo per capire cosa si intende, quando si parla di sentimenti. Ma non ne sono mai venuto a capo, niente che abbia lasciato un segno.»

«Cosa c'entra, questo, con me…» La testa si riempie di dubbi.

«Si tratta di quello che ho sentito, che non avevo mai

provato prima. Il giorno che ci siamo conosciuti, sul treno, l'altro pomeriggio in quel bar e l'altra sera, semplicemente stando in silenzio accanto a te a guardare lo spettacolo. Per la prima volta da quando sono al mondo, con te io sento un pezzo della *mia* storia.»

«Non capisco.» Non è più una domanda, ma una bugia. Lui mi fissa senza alcun residuo di timidezza.

«Hai presente il volo di un gabbiano? Lo hai mai guardato bene? Lui spiega le ali e poi le tiene ferme, come inchiodate, tutto il suo corpo teso a sfruttare la potenza delle correnti, sembra lasciarsene dominare e invece no: è lui a decidere dove andare, al millimetro, re di tutte le traiettorie. Sembra in cerca di un equilibrio, in balìa del vento, ma in realtà sa benissimo dove vuole arrivare. Non lui, il suo istinto. Ecco, quando ti ho vista con gli occhi umidi, l'altro pomeriggio, è proprio quello che mi è venuto in mente. Un gabbiano in mezzo alla tempesta, ma padrone di se stesso, nonostante tutto. Un gabbiano che ha bisogno soltanto di ritrovare la rotta. E in quel volo regale e imperfetto ho ritrovato una parte di me. Una parte di me che non sapevo esistesse...»

«Io non credo...»

«Aspetta. Quello che voglio dire è che non posso lasciarti andare via. Per cui me ne starò qui buono ad aspettare che tu faccia luce dentro te stessa. Hai detto di essere impegnata e non posso fingere che non sia così. Non ho fretta e non ho nulla da perdere. Non proverò nemmeno a baciarti, adesso, anche se non c'è niente che vorrei di più. Ti porterò a casa e me ne andrò, in silenzio. Tutto qui. È quello che dovevi sapere. Ti chiedo soltanto di non dire niente e di prenderti del tempo per pensarci.»

Non aspetta la risposta e rimette in moto con un gesto gentile ma deciso. In un attimo mi trovo sotto casa, nella mia testa una moltitudine di pensieri in lotta tra loro, ma mi trincero dietro un silenzio spesso come la nebbia. No comment, cuore mio taci, fammi respirare.

Ferma l'auto sotto il mio portone e sorride. Io mi sporgo in avanti, un rondinino timido che si affaccia dal nido, e lo bacio sulle labbra, piano. Solo un soffio, o una carezza.

Alegría
Come un lampo di vita.

Mentre apro la portiera e scendo, lui dice «Io ti aspetto».

Salgo in casa, la gola secca e i sensi disordinati. Mi butto a letto.

8

I travestimenti degli angeli

La sveglia interrompe lo stato di torpore in cui mi trovo, mentre cerco a fatica di decifrare strani sogni. Sono in ritardo, metto via le emozioni che ogni ricordo mi suscita, prima di esserne travolta.

In ufficio mi tocca la correzione di bozze di un saggio sulle filosofie orientali. Ma non riuscendo a concludere niente, decido di dare retta a un'idea bislacca: se Arun è un autore di fiabe avrà pubblicato qualcosa che posso trovare e leggere. Per avere qualche informazione in più sul suo conto decido di chiedere ad Angela, che sa sempre tutto di tutti.

La invito alle macchinette a prendere un caffè, e dopo aver ascoltato, nel dettaglio, le sue avventure galanti del fine settimana, le faccio il nome di Arun Agostini, infilandolo nel discorso distrattamente.

«Agostini... sì, lo scrittore di fiabe, lo conosco. Cioè, ne ho sentito parlare, dicono sia un emergente con un certo talento, l'ho anche visto di persona, saranno sei o sette mesi fa. È uno molto schivo. Eravamo a una riunione organizzata dalla sua casa editrice per la promozione di un progetto digitale, mi sembra.» Una volta che le dai il "la", è impossibile fermarla. «Comunque mi ha colpito, dava l'impressione di essere uno che non ha niente a che fare con quel mondo. Era anche vestito in modo poco adatto, a dirla tutta. Niente giacca e cravatta, come l'occasione avrebbe suggerito, ma un pullover chiaro e un paio di jeans, se ben ricordo. Se ne stava seduto in fondo, come se gli toccasse stare lì per forza. Non mi avessero detto che era lui, avrei pensato a uno della sicurezza, qualcosa così. L'unica cosa che sembrava interessargli era suo figlio... A un certo punto mi sono avvicinata a salutare una persona che gli stava accanto e ho visto come guardava quel bambino, con due occhi rapiti...»

«Suo figlio, dici?» cerco di dissimulare con un colpo di tosse il tremore nelle mie parole. Angela vuole dire *messaggera*. Nessuna buona notizia, per me, oggi.

«Sì, sì, un bambino che lo chiamava papà. Bellissimo, tra l'altro. Anzi no, non bellissimo, però aveva qualcosa di particolare, come una luce, un riflesso, non so. Avrà avuto sette o otto anni, comunque, tutto composto e sottile, un principino, proprio...»

Non la ascoltavo più. Con una scusa ho tagliato il discorso e sono tornata alla scrivania. Possibile che mi abbia raccontato tutte quelle balle, sulle poche relazioni senza un senso, e non mi abbia detto di avere un figlio? Stupida che non sono altro. Si può essere così stupidi? Arriva uno sconosciuto che dice di amarmi, dopo avermi vista quattro volte, e io gli credo, mi faccio rapire dalle sue parole, mi faccio confondere, stravolgere.

Sto cavalcando l'onda del risentimento e dell'indignazione quando squilla il telefono. È papà, un altro tuffo al cuore. Rispondo. Mi dice quello che non vorrei sentire. Che mamma è peggiorata, che non c'è niente da fare e la rimandano a casa. Ecco qui. Ecco come devo pagare qualche ora di svago. Per un po' non mi muovo, resto ferma, schiacciata tra due pensieri.

Sono viva. Sei viva? Non piango. Ascolto musica nelle cuffie e scrivo. Papà mi ha appena detto al telefono che «c'è qualcosa, nel suo midollo spinale, qualcosa che non si sa come...». Come cosa? Fermare? Bloccare? Guarire? Non so, non è dato sapere, chissà se qualcuno ha le risposte. Così domattina gli ultimi controlli e si torna a casa.

«Non c'è niente da fare.» Quel *niente* ha soltanto un suono: il significato non lo so cogliere.

Io sto qui. Non lavoro, non piango, ascolto musica, aspetto solo di uscire e scrivo. Ho gli occhi bendati e le mani legate, sulla faccia una smorfia strana. Mi sento sopra una giostra da cui non si scende, si gira e si gira anche con la voglia di vomitare.

Quando riprendo il controllo vado dal mio capo e spiego la situazione. Dico che ho bisogno che mi anticipi quelle due settimane di ferie, che parto oggi, subito. Nonostante la mancanza di empatia che lo contraddistingue, sembra capire la situazione, mi dice: «Vai, non preoccuparti, vai».

Mentre sono per strada, chiamo Tancredi. Sono io a essere sbrigativa questa volta, non ho voglia di dilungarmi. Mi chiede se ho bisogno di un passaggio per la stazione, ma gli dico di no, che prenderò un pullman. Mi sembra sollevato, ma forse sono io a pensare male. O magari, segretamente, speravo che si proponesse di venire con me.

Poi, tutto da capo: la valigia di corsa, veloce in stazione. Tutto come in uno di quei film dell'orrore dove l'incubo peggiore del protagonista è una sequenza di fotogrammi sempre uguale a se stessa.

Ho pensato molto a quando sarebbe venuto questo momento. Ma prepararsi al peggio per soffrire meno alle volte non serve a niente.

Rieccomi qui, sopra queste rotaie, lanciata nel buio, di nuovo sola. Con la paura addosso per quando scenderò dal treno, da questo tempo sospeso, e mi troverò di fronte cose che non vorrei vedere. Nella mia mente troppi mulinelli, non riesco a concentrarmi sulla lettura, tanto vale rimettere il libro in borsa. Devo sforzarmi di pensare a qualcosa di bello. Mamma mi diceva sempre così, quando la sera non riuscivo a prendere sonno: «Devi pensare a qualcosa di bello». Allora era facile, bastava che mi schiacciassi contro il suo corpo profumato e il mio respiro in un attimo si coordinava al suo, lento e regolare, e scivolavo nel sonno.

Scavo nella memoria con tutta la forza di volontà che mi resta e riemergo con un pensiero felice e luccicante: risale a molti anni fa, ero una bambina, avrò avuto nove anni.

Era uno di quei pomeriggi che, finiti i compiti, si decideva di fare una passeggiata con la zia e la mamma. Prendevamo spesso la strada nel bosco che va verso le cascate, quella che mi è sempre piaciuta perché sembrava di stare dentro a un libro di favole illustrate. Quasi sempre correvo avanti, lasciando indietro la compagnia, poi mi fermavo in alcuni punti strategici che amavo particolarmente.

Così feci quel giorno, andai spedita e mi fermai soltanto quando arrivai a un ruscello sottile, pieno di luce. Si trattava di arrampicarsi per un breve pezzo sulla schiena della montagna, fino a una pozza stagnante, formata dallo sciogliersi dei ghiacci. Quel pomeriggio – lo ricordo come fosse adesso – ero molto felice per due motivi. Avevo indossato un paio di stivaletti nuovi di zecca, rossi fiammanti, e mi sentivo una regina. E poi la sera prima papà mi aveva insegnato a fare le barchette di carta. Così me n'ero portata una per farla navigare in quell'acqua cristallina. La stavo guardando attraversare la superficie del mio oceano personale, quando è successo qualcosa. Ho messo un piede in fallo, non so, c'è stata una piccola frana di terra umida, probabilmente. E mi sono trovata incastrata con un piede sotto una grossa pietra rotolata giù, mentre la terra sotto le mie gambe scivolava inesorabilmente verso il basso e mi avrebbe trascinata nel crepaccio che si apriva sul fianco della pozza, se nessuno fosse arrivato a salvarmi. Mi sono messa a urlare più forte che potevo, ma mamma e zia erano rimaste parecchio indietro, perché avevano incontrato per caso un'amica di ritorno dalle cascate. Per la prima volta nella vita ho visto in faccia il terrore.

Mi sono messa a piangere, disperata, la terra sempre più sul punto di sprofondare e portarmi con sé. A un tratto ho visto un'ombra poco sotto, nel fogliame, e poi sempre più vicina. Quando mi è stata accanto, una voce mi ha detto: «Non preoccuparti, ti aiuto io». Era un ragazzino un po' più grande di me, due occhi giganti e una matassa di capelli scuri, sbucato dal nulla, mandato lì da qualche creatura dei boschi che mi voleva bene. Ha armeggiato accanto alla mia gamba, spostato il piccolo masso e mi ha liberato dalla stretta della montagna. Ho lasciato in pegno soltanto il mio stivaletto rosso, rimasto incastrato là sotto. Mi ha riaccompagnato, tutta tremante, sulla strada maestra, da cui stavano arrivando trafelate la mamma e la zia, preoccupate per il tramestio che avevano sentito. Sono corsa loro incontro, zoppicando per lo stivaletto perduto, e le ho strette, come non le vedessi da anni. Mi sono abbandonata tra le loro braccia e a un pianto liberatorio, mentre raccontavo l'accaduto. Quando mi sono girata per ringraziare il mio salvatore, lui non c'era più.

Mi sono crogiolata per anni nel ricordo di questo spirito dei boschi, indecisa se assecondare il mio animo infantile e attribuirgli l'identità di un folletto, o se dare retta alla donna che si faceva largo in quel mio corpo di bambina, e pensarlo come il principe coraggioso che salva la fanciulla in pericolo. Il mio principe dei boschi.

Non l'ho rivisto mai più, ma è tornato spesso a trovarmi nei sogni. E mai come adesso avrei bisogno di lui, di un angelo buono che venga a salvarmi, mentre con orrore mi sento scivolare sempre più in basso, verso quel terrore che non si spegne.

Se potesse telefonarmi il Futuro mi direbbe, dopo un rullo di tamburi, che gli angeli hanno tanti travestimenti diversi. E che quando è il loro momento, compaiono. Con l'identità che è stata loro assegnata dalla sorte.

9

Fai buon viaggio

Rivedere mia madre, oggi, non è la stessa cosa di una settimana fa. È come se in soli otto giorni avesse cambiato fisionomia del viso, come se dieci anni almeno le si fossero appoggiati con malagrazia sulle spalle e tra le pieghe della fronte. Molto dimagrita, si muove con lentezza, perfino parlare le costa fatica.

Ieri sera quando sono arrivata non ho voluto svegliarla. Sono entrata nella sua stanza oggi, con la luce spietata del mattino che filtra tra gli scuri con i suoi riverberi freddi. Quando mi vede, anche questa volta, qualche cosa le si accende dentro, lo capisco dalla sua espressione e lo sento nel suo abbraccio. Ma è diverso.

Si alza malferma sulle gambe e mi butta le braccia al collo, ma non è più un abbraccio di "Bentornata", è qualcosa che somiglia più a "Meno male che sei qui". Crede di avere i giorni contati.

Io sono l'unica a restare convinta che guarirà, che aggiusteremo questo sogno guasto e riporteremo la realtà sui giusti binari.

Prima è uno spartiacque, nelle storie come nella vita. *Prima* della diagnosi. O meglio, *prima* che mamma si ammalasse. E quando è successo di preciso non lo sa nessuno. È il dramma di malattie come questa: te ne stai sereno a piangere sul lavoro che non funziona, sul capo che ti perseguita o i soldi che non ci sono. Oppure – più raramente – ti godi qualche soddisfazione che ti ha sorpreso, una promozione, un viaggio riuscito, belle giornate con i tuoi figli. Non lo sai che qualche cosa di cattivo si annida tra le tue cellule, che ignare se ne vanno per la loro strada – crescono, si differenziano, si dividono, si ammalano. Ma la vita di mamma saprà circumnavigare questa parola di pietra – *prima* – e tornare indietro, quando passava la propria esistenza facendo nascere i figli degli altri, cucinando la cena a mio padre, e pensando alla sua bambina lontana.

Lo credo anche ora, che lei è qui davanti e mi guarda, come dovesse dirmi qualcosa per cui non trova le parole. Mi stringe la mano forte e mi chiede del succo di frutta alla mela verde. Più volte durante il giorno. È la sola cosa che le piaccia, di cui abbia voglia. Mangiare qualcos'altro sembra costarle uno sforzo eccessivo.

Se potesse telefonarmi il Futuro mi direbbe che da quel momento in poi, per me, l'odore della vita appesa a un filo sarebbe stato sempre: mela verde.

Quando resto sola con mio padre, mentre prepariamo il pranzo, gli chiedo come sia possibile un crollo simile in pochi giorni. Mi dice che i medici lo avevano previsto, che sono le metastasi che vanno in circolo.

Che povere cose che siamo, con questi corpi che spesso

portiamo in giro come fossero trofei, oppure vergognandoci stupidamente di una macchina che – almeno in quel momento – funziona. Se solo sapessimo tenere a mente come tutto è labile, come siano corruttibili e fragili i meccanismi che ci governano.

Basta un inghippo, minuscolo – o semplicemente il tradimento lento della vecchiaia – e ci troviamo prigionieri di un corpo che non ci rappresenta più. «La vita è una fiammella scossa da un vento violento» scrisse un saggio cambogiano ad Angkor.

Nel pomeriggio arriva un'amica di mia madre, Alda. E porta con sé il figlio, un frugoletto biondo e morbido come una pagnotta. Ha poco più di un anno e si chiama Giulio. Giulio ha un legame particolare con mia madre, come tanti bambini e ragazzi in questa valle: li ha fatti nascere lei.

Ricordo quando tornava a casa stanca dal lavoro, la sera, gli occhi segnati ma felice, ogni volta che aveva saputo aiutare una donna a essere madre e un neonato a respirare aria. La commozione le restava appiccicata addosso per ore, come una malattia contagiosa.

«Agnese!» Alda le si fa incontro, si china sul letto, l'abbraccia emozionata, si vede che le vuole bene. «Non alzarti» le dice, ma mia madre è testarda come un mulo, si mette in piedi, barcolla. Vuole stringere a sé quel bamboccio che le sorride e allunga le braccine verso di lei – la conosce da sempre – ma quando cerca di abbracciarlo non regge il peso, è costretta a sedersi sul letto.

Lei che solo un po' di mesi fa ha usato tutte le sue energie per cavarlo fuori dal grembo materno, ora non ha le forze per fare una cosa facile come sostenere i suoi dieci chili tra le braccia.

Ci sono delle immagini, dei momenti, che si impigliano nella memoria, che torneranno sempre, nei ricordi e nei sogni, in un rigurgito eterno.

Non sopporto di assistere allo scacco del suo coraggio, della sua resistenza caparbia. Esco, con una scusa qualunque, per nascondere la rabbia. Come un automa mi dirigo verso la panca che affaccia sulla piccola valle sotto casa mia. È sempre stato il mio posto speciale.

È una panca spartana, quattro assi di legno inchiodate accanto al vecchio ciliegio. Lì sotto mio nonno faceva il fieno quando ero piccola, lo vedevo arrancare per quella riva impervia col suo carico sulle spalle avvolto in un vecchio telo di iuta, un po' curvo sotto il suo peso ma con lo sguardo rivolto verso l'alto, fiero e profondo com'era lui.

Su quella panca mi sono abbandonata milioni di volte, ascoltando cori di grilli, col sole che batteva sulla pelle mentre il mio sguardo vagava oltre, là dietro dove c'è il bosco, e sopra, dove i miei monti sono sentinelle impettite e benevole. Non c'è niente a cui non abbia pensato, da lì.

Alla mia vita, ai miei amori. Ho immaginato l'uomo dei miei sogni arrivare alle mie spalle e sorprendermi con un bacio, ancora prima di incontrarlo. Ho immaginato le sagome dei miei figli giocare in quei prati. Ho pensato alla mia vita e a quello che potevo farne, quando ancora mi sembrava una creta morbida e docile da plasmare con le mani. Ho immaginato viaggi, partenze, e ritorni. Ho programmato fughe e mi sono riconciliata con l'idea di restare.

Ho intuito l'essenza del cambiamento, guardando le nuvole che nascono tra i monti e minacciano pioggia. Ho avvertito l'affacciarsi di malumori nei miei pensieri e ho trovato le parole magiche per allontanarli. Quasi sempre.

Lì ho stramaledetto e imprecato contro quello che non capivo. Lì, sotto il ciliegio, ho fatto pace con Dio, con quel Tutto che sotto ai miei occhi si trasforma ogni anno, ogni stagione, ogni giorno e ogni istante, ma che rimane – seppure con un vestito diverso – per farmi pensare che alla fine qualcosa resista. Che c'è sempre almeno un pensiero, un odore o un'immagine che sopravvive a ciò che siamo.

Ricordo un giorno in particolare, avrò avuto tredici anni, l'età in cui si è convinti che ogni singolo gesto della propria esistenza debba essere un atto di ribellione contro qualcosa. Avevo litigato con mia madre per qualche sciocca questione adolescenziale. Avevo urlato come una pazza, lei di più e per poco non eravamo venute alle mani. Ero uscita sbattendo la porta e in lacrime ero corsa alla mia panca. Sarò stata lì una buona mezz'ora, faceva un freddo da morire. Indossavo un maglione pesante, ma mi si stavano ghiacciando le mani e i piedi. Sarei rientrata subito, non fosse stato per l'orgoglio.

A un certo punto l'ho vista arrivare. Non più arrabbiata ma seria.

«Sapevo che ti avrei trovata qui» ha detto. «Vedi almeno di metterti questi» e mi ha dato un paio di guanti di lana.

Mi ha insegnato che anche nella rabbia e nella delusione si continua ad amare, se si ama davvero. E che prendersi cura di qualcuno è un impegno che viene prima di tutto.

Trascorrono così sette giorni. Ogni sera Tancredi mi chiama, si informa delle condizioni di mamma. Ogni sera mi dice che sta chiudendo un lavoro importante e poi mi raggiunge, «Presto, vedrai, piccolina, tu tieni duro». Ma il giorno dopo, il lavoro importante non è chiuso e il suo arrivo slitta. Le nostre chiamate finiscono sempre allo stesso modo. Lui che mi dice: «Vedrai, andrà tutto bene». E io che non ho più voglia di starlo a sentire.

Anche se non vorrei, spesso mi domando se Arun mi stia aspettando. È trascorsa poco più di una settimana da quando mi ha confessato i suoi sentimenti, ma con tutto quello che è successo sembra passata una vita. Poi caccio via il pensiero: per come mi ha mentito non ha diritto a tutto questo spazio nella mia testa.

Mamma sembra lentamente scivolare in un mondo tutto suo, da cui riemerge sempre più di rado. Passa la maggior parte del tempo in uno stato di dormiveglia. Ogni giorno viene qui una dottoressa che controlla i valori, regola la morfina. Arriva in genere dopo pranzo, seria e rispettosa del nostro dolore. Non parla molto, in camera di mamma sussurra appena. Sulla sua cartellina bianca annota i parametri, apre e chiude il dosaggio delle flebo, si muove come se temesse, con un rumore brusco, di spezzare questo equilibrio fragile.

Ogni giorno passano amici e parenti. I più si affacciano alla porta senza preavviso e con poco da dire, sempre per via di questo sangue montanaro, che odia i preamboli e l'inessenziale. Alcuni nemmeno entrano, restano sulla soglia, come sull'orlo di un precipizio. Altri si siedono accanto a lei, le amiche soprattutto, e le parole vengono fuori umide di pianto. Non sopporto quelli che le si rannicchiano di fronte col volto squassato dal dolore, e che guardano me e mio padre come se mamma fosse già morta.

Riversare la rabbia su qualcuno è un gioco facile, ma la distrazione che offre è solo momentanea.

Alcune persone le vedo volentieri, mi ci aggrapperei in cerca di conforto. È strano. Vorrei accoccolarmi addosso a ogni donna che mi ricorda mia madre. Anche solo per pochi dettagli, l'età, l'accento o il colore dei capelli.

Mia zia è sempre qui, un'ombra persistente sullo sfondo, insieme a mio padre.

In questi sette giorni resto a lungo seduta sul bordo del letto, le leggo qualcosa: amava tanto leggere e adesso non può più. Lei guarda sempre verso la finestra semichiusa, chissà se mi ascolta o insegue qualche ricordo lontano. Non riesce più a mangiare, né a lavarsi o a camminare da sola. Ogni volta che non riesco a recitare la parte della figlia speranzosa e felice esco sul balcone, a farmi pungere dal gelo di febbraio. Che cosa inventarsi adesso per strapparti un sorriso, mamma, un bagliore degli occhi? Mi trascuri, lo sai, non ridi come prima e quando mi guardi mi chiedo *Vedrà ancora la sua piccola in me?* Non c'è niente di meno clemente, di più spietato, dell'amore filiale; è un amore che vuole tutto per sé, egoista e pieno di pretese. Un figlio difficilmente si rassegna a qualche cosa di meno del sacrificio totale.

Così adesso lei dovrebbe alzarsi da quel letto e venire fuori ad abbracciarmi, asciugarmi le lacrime e porgermi un'altra volta un paio di guanti caldi.

Papà mi ha detto che, qualche giorno prima del mio arrivo, Agnese lo ha guardato negli occhi e gli ha chiesto: «Antonio, cosa succederà, *adesso*?». Lui è rimasto impietrito, ha balbettato qualcosa, brancolando, incapace di divincolarsi da quello sguardo. Poi è crollato. «Io non lo so» le ha risposto «io non lo so cosa succede adesso.»

A me non ha mai domandato nulla. Solo un pomeriggio mi ha interrotta mentre leggevo, ha chiesto che la tirassi un po' su e mi ha sussurrato: «Anita, bambina mia, comunque vadano le cose resterai sempre la mia bambina». Mi ha stretto forte un braccio.

Due giorni dopo, è volata via.

Ha perso i sensi in un pomeriggio cupo di febbraio. L'infermiera è arrivata sotto un cielo gonfio di neve, le dita arrossate che tenevano la cartellina, e le ha fatto l'ultima dose di morfina. Le abbiamo chiesto di andarsene. Subito dopo è venuto il prete per l'estrema unzione e io non volevo che mia madre sentisse quelle litanie; ero certa che capisse e temevo si rassegnasse, invece che lottare ancora. Mi è sembrato un tradimento, le mani gelide del parroco a farle il segno della croce sopra il petto che respirava ancora: allora ti lasciamo andare via così, mamma?

Prima che la notte soccombesse al chiarore dell'alba, mio padre mi ha pregato di uscire dalla stanza. «Mamma aveva chiesto che non ci fossi, quando il suo momento fosse arrivato.» Me lo ha detto con calma, mentre stringeva la mano di Agnese, sdraiato accanto a lei per infonderle il calore che poteva.

Ho baciato mia madre, sono uscita ubbidiente. Poi sono

sprofondata nella poltrona in cucina, ad aspettare la neve. Ho pensato alla differenza sottile tra l'esserci e il non esserci più, ho pensato al miracolo, ho sonnecchiato.

Avevo sempre ingenuamente creduto che morire fosse facile, fin troppo. Invece nulla ci è risparmiato: con dolore si nasce, con dolore si muore. Il lieto fine non esiste.

Mio padre mi ha chiamata dopo un tempo indefinito. Mi ha accompagnata nella sua stanza e le ho toccato la mano, fredda. Il miracolo – quel miracolo – non c'è stato.

Fai buon viaggio, mamma.

10

Ora che sai tutto

Comincia a nevicare, il cielo che si è trattenuto per ore finalmente si scioglie in fiocchi leggeri. Noi vestiamo mamma di bianco, un colore che le è sempre piaciuto.

Agnese vuol dire *pura*. Così in vita, così in morte.

Quello che viene dopo è cosa da burocrati: telefonare ai parenti, preparare le esequie, scegliere la cassa, raso sì raso no, pensare alla cerimonia, musica sì musica no, sepoltura o cremazione, scrivere i ringraziamenti, fiori sì fiori no, stringere mani, vegliare la defunta durante il rosario, sopportare condoglianze, schermirsi dietro grandi occhiali da sole, nonostante siano giorni di febbraio senza luce.

Mio padre e io abbiamo fatto tutto come in trance, una sequenza di azioni, gesti e parole che il giorno dopo non avrei saputo ripetere.

La sera prima del funerale arriva Tancredi. Scusandosi ancora, e ancora, come già mille volte al telefono, per non avermi potuto raggiungere prima.

«Amore, perdono, avrei voluto, ti ho pensata sempre.»

«Certo.»

«Però lo sai, quel lavoro, capisci.»

«Capisco.»

«Poi forse per voi è stato meglio così, essere qui solo voi tre, sai.»

«Lo so.»

«Ho fatto prima che ho potuto.»

«Dopo sarebbe stato difficile.»

Mi rendo conto di usare con lui le stesse espressioni di circostanza che uso con parenti di cui ignoravo l'esistenza. Quegli stessi che, quando entrano nella camera mortuaria, mi domando perché non siano venuti a trovarla quando era viva.

Prima della funzione in chiesa, la casa si riempie di gente e io vorrei fare da schermo a mia madre, vorrei che nessuno la vedesse così. Non disturbatela, sta dormendo.

Ci sono tanti bambini, anche. Non posso smettere di pensare che sono quelli che mia madre ha fatto nascere: lei li ha accompagnati alla vita, loro la accompagnano nella morte. Troppo presto, però.

È strano guardarmi intorno e riconoscere sulle facce di chi mi circonda lo sguardo che io riservavo agli altri, alle persone che consideravo sfortunate.

Poi tutto scivola via veloce insieme alla processione che attraversa il piccolo paese. In testa la bara, Tancredi accanto a mio padre e ai miei zii, e io un passo indietro.

Perché, sia chiaro, io mi dissocio da tutto questo.

Se potesse telefonarmi il Futuro mi darebbe ragione, perché la mente non è un interruttore e ci vuole allenamento per abituarsi a un'assenza.

Finalmente a casa. Restiamo soli, mio padre, Tancredi e io. Decidiamo di mettere l'acqua per la pasta: è ora di cena e dobbiamo far passare il tempo, più che la fame. Dico a papà che ho deciso di restare almeno un'altra settimana, non si discute. In questo momento non voglio immaginarlo solo – un posto vuoto a tavola, un letto troppo grande.

Lui controbatte che non c'è bisogno, ma è troppo stanco per sfidare la mia determinazione. Parliamo ancora un po', quindi va a dormire. Mi abbraccia forte e chiude la porta della camera.

Sono felice che Tancredi sia qui, nella spossatezza senza rimedio che si impossessa di me dimentico l'astio degli ultimi giorni, e mi aggrappo al suo collo come a una stampella. Voglio un paio di braccia in cui sciogliere tutto questo malessere, e nient'altro.

Nei due giorni successivi ci occupiamo delle rimanenti questioni burocratiche e ci concediamo un po' di tempo per rilassarci. Mio padre e io piangiamo di nascosto l'uno dall'altra – questo benedetto pudore montanaro. Tancredi mi sostiene come può, incapace di fare da recipiente per il mio dolore.

Per la prima volta rinuncia a scattare foto in giro. Si accorge anche lui che nessun artificio potrebbe rendere accettabile la realtà. Il grigio non è solo il colore dominante di quei pomeriggi di tardo inverno, ma anche una patina che riveste tutte le nostre migliori intenzioni.

Un paio di giorni dopo il funerale, Tancredi mi dice che deve ripartire, come avevo previsto. Non faccio niente per trattenerlo, tanto non servirebbe. Anche mio padre è dispiaciuto, non ha bisogno nemmeno di guardarmi in faccia per leggere la mia delusione. Non dice nulla: non fa parte dei suoi modi intromettersi tra noi.

Accompagno Tancredi al parcheggio dove ha lasciato l'auto, a due passi da casa. Mi rendo conto, al momento dei saluti, che c'è tra noi un imbarazzo nuovo. Come se d'un tratto quell'intimità ci sembrasse eccessiva.

Mentre torno sulla strada di casa, lasciando orme scure sulla neve, mi dico che non dipende da lui, da noi, ma soltanto dalla situazione.

Cerco di immaginare la mia vita senza Tancredi, e mi viene quasi un mancamento. Non potrei farcela: ho appena tagliato il cordone ombelicale che mi univa a mia madre, la ferita è qui, aperta e sanguinante, non posso pensare a un'altra amputazione.

All'improvviso, non so per quale strana associazione di idee, mi viene in mente il racconto di Arun, tutte le mutilazioni che ha subito e come sia riuscito a sopravvivere. Penso all'ultima serata passata insieme, alla sua dichiarazione senza incertezze. Potrebbe essere qui vicino, a pochi chilometri da me, lui che in queste zone ci ha vissuto. Mi domando ancora perché mi abbia mentito.

Quella sera, quasi lo avessi evocato, mi chiama.

Sono in cucina con mio padre, entrambi a fingerci interessati a un insulso programma in TV, quando il mio telefono squilla. Ci metto un po' a trovarlo e appena lo raggiungo e vedo il numero, il mio cuore fa un paio di saltelli. Cambio stanza, indecisa se prendere o no la comunicazione.

Prima che decida cosa fare, il mio dito schiaccia il pulsante verde, rispondendo a un impulso misterioso.

«Anita, sono Arun» la sua voce è calda come la terra dopo un giorno di sole.

«Ciao, Arun» la mia voce invece esce metallica, come quelle preimpostate delle segreterie telefoniche.

«Ti ho pensata molto. Avrei voluto chiamarti mille volte, ma ho preferito lasciarti il tempo per riflettere su quello che ti ho detto l'ultima volta che ci siamo visti.»

Silenzio.

«Mi chiedevo come stai, e se tua madre...»

Non lo lascio finire: «Arun, per favore, non è il momento, scusami».

«Ma è successo qualcosa?» È spiazzato.

«No, è che non ho voglia di parlare, ho troppe altre cose a cui pensare, scusa...»

«Mi spiace, Anita... Posso chiamarti più tardi o domani?»

«Arun, è un periodo complesso per me... Anzi, lascia stare e butta il mio numero, per favore.» La voce mi trema di rabbia e rammarico. Cosa sto facendo? E perché? Ma oramai è tardi.

«Anita, se ti ho offesa in qualche modo, io... L'altra sera volevo solo che sapessi quello che sento per te. Ma se ti ho fatto del male, mi dispiace, davvero, non intendevo...»

«No. Per favore. Se tieni a me come dici, salutiamoci qui.»

Un lungo silenzio.

«Come vuoi. Se ci ripensi sai dove trovarmi. Ti abbraccio, Anita, tratta la tua vita come merita... Sei più forte tu di qualsiasi sortilegio.»

«Ciao Arun, stai bene.» Attacco e piango. Come se si rompesse una diga, come se fossero mesi che non aspetto altro. O forse anni. Solo ora mi rendo conto di quanto Arun mi abbia scavato dentro.

Se potesse telefonarmi il Futuro mi direbbe che per molto tempo, da adesso in poi, i miei occhi rimarranno asciutti: il dolore ha bisogno di tempo, per trovare una via d'uscita attraverso le lacrime.

Poi faccio la sola cosa che mi aiuti a calmarmi: asciugo gli occhi, saluto mio padre e salgo in camera a scrivere.

Obra di Vallarsa, 15 febbraio 2014

Mamma,
così ora sai tutto. Sai che ti ho mentito nelle lettere che ti ho scritto nelle settimane scorse. Il rapporto con Tancredi fa acqua da tutte le parti. Lo salverò, sì, e forse ci sposeremo, anche se ora se n'è andata ogni briciola di entusiasmo. Non lo so che sarà di noi, ma certo non stiamo vivendo l'idillio di cui ti dicevo. Anche il mio lavoro non è un granché, anzi. È sottopagato, non mi appassiona per niente, è monotono e ripetitivo e il mio capo non mi stima affatto: a stento sa chi sono.
Ho passato gli ultimi mesi ad avere paura. Non l'ottimismo e la leggerezza di cui ti parlavo, no. Vivevo nel terrore, mamma. Per quello che sarebbe potuto succedere, per quello che sarebbe stato di me.
Ti sono sopravvissuta, e mi sembra già una piccola vittoria.

Così ora sai tutto. Anche se forse avevi già intuito che la mia vita non era tutta rose e fiori. Perché là dove stai adesso di certo mi vedi e mi senti (un rapporto piuttosto impari, non ti pare?).
Così, perdona le bugie, e questo mio cuore sciocco.
Anche tu, però. Soltanto un paio di settimane fa ricordo cosa mi hai sussurrato: «Vorrei non andassi più via». Ti pare una cosa da dire? Se dopo una manciata di giorni sei stata tu ad andartene. Mi hai lasciata qui. Non sarà facile perdonarti, dopo questo addio. Ti avevo difesa da tutti i pronostici infausti, avevo preso il mio cuore e lo avevo puntato su di te, numero secco, nemmeno un tentennamento. E tu? Hai dato ragione a quei medici scemi, a quelle cellule vigliacche che ti hanno portata via.
Che faremo adesso papà e io? Già dopo pochi giorni non sappiamo più che dirci. Ci guardiamo esausti.
Io una cosa l'ho capita, comunque: ho capito che devo buttarmi nel dolore. Devo riempirmene la bocca, devo farlo penetrare in ogni angolo, devo riempirmene le mani e gli occhi, devo sentirne il sapore e digerirlo. Così, quando sarà dentro dappertutto lo potrò piangere, lo potrò sudare, lo potrò espellere tremando, lo potrò trasformare in qualcosa d'altro: lacrime, sputo, bile, sudore, vomito, merda. Così forse me ne libero.
Se faccio finta di niente, se lo rifiuto, se gli giro le spalle, se lo tratto come non fosse il mio, il dolore allora si vendicherà: mi prenderà alle spalle, si aggrapperà alla mia schiena come una bestia cattiva, mi morderà cogliendomi all'improvviso.
Passerà, mamma?
Mi sembra poco rispettoso, così presuntuoso scrivere di te ora che non ci sei, ora che il tuo essere è diverso dal nostro, noi

che siamo rimasti qui, a dispetto di tutto e nonostante tutto. Mi rivolgo un po' a te e un po' a me, che differenza vuoi che faccia adesso? Non capisco i confini, non so tracciare una linea netta per definire chi sono.

Fuori invece c'è un bel sole e c'è quell'odore nell'aria che riconosco molto bene: di panni stesi ancora non asciutti, odori rigidi, alterati, odore di assenza.

Non la vedrai questa primavera, non da qui. Sarai altrove quando spunteranno le violacciocche e i bucaneve, quando il ciliegio scuoterà via la neve, quando avrò voglia di sentire della bella musica il sabato mattina con le finestre spalancate. Non so come, ma non sarai qui quando comincerò un libro nuovo stesa al sole per abbronzarmi un po', non ci sarai per dirmi che i raggi fanno male. Non so come succederà ma ci saranno delle sere in cui il buio sarà solo superficiale – un'apparenza, un pulviscolo cedevole e trasparente – e io vorrò guardare giù dal balcone, sporgermi e chiamarti, tu in cucina a fare il caffè.

Quando ero una ragazzina scrivevo e parlavo d'amore, di sentimenti più docili e morbidi. Pensavo alle carezze languide avute, date e immaginate. Pensavo a com'era dolce struggersi di nostalgia per un fugace incontro, per una frase sospesa a mezz'aria.

Adesso non so trovare sensazioni belle su cui far riposare la mente e mi mancano quelle primavere dove tutto era intatto e pareva non finire mai.

C'è molto da fare, mamma, come vedi. Devo rimettermi in sesto. Devo guarire da questo senso di pienezza e perfezione smarriti per sempre, in un tempo che non sembra più il mio.

Perdonami se per un po' continuerò ad avercela con te. Sarà per quel tanto che basta a imparare a fare i conti con la tua assenza.
Anita

Due giorni dopo riparto per Torino. Mio padre mi accompagna alla stazione di Rovereto e il nostro abbraccio sembra il più amaro di tutti gli addii.

11

Esposta a tutti i venti

Dopo il mio ritorno a Torino ecco cosa capita: un bel niente.

La vita riprende lenta, nulla di burrascoso sconvolge la mia esistenza e nessun sole viene a scaldare il mio animo fradicio di malumore.

Per quattro mesi batto sugli stessi tasti, apro e chiudo le stesse finestre in cerca di chissà quali risposte; penso le stesse cose, mi distraggo negli stessi modi e sogno gli stessi sogni.

Come mi sento stanca, mamma, sapessi. Sono mille certi giorni.

Passo le giornate a correggere bozze e mi riempio le serate di film per non pensare; percorro le solite strade, scarico la posta troppe volte e troppe volte controllo il telefono. Aspetto chiamate che temo, anelo inviti che rifuggo. Quando sento il trillo della suoneria, il cuore mi balza in gola: spero di sentire la voce di Arun. Poi mi ricordo che sono stata io a chiedergli di non cercarmi più. Ed è meglio così.

Costruisco alibi per gli appuntamenti mancati e scelgo l'abbigliamento per il giorno dopo, carico la sveglia sempre alla solita ora, vorrei cambiare musica ma le canzoni che mi piacciono sono sempre le stesse. Non ho voglia di lavorare, ma non so stare senza fare nulla, mi sento in colpa se non trovo parole di conforto per papà. Vorrei aggrapparmi con forza a Tancredi perché ho bisogno di calore, ma poi gli volto le spalle nel letto perché voglio restare sola.

Colleziono pensieri carichi di autocommiserazione. Mi terrorizza il tempo che passa, guardo con timore-orrore-invidia-paura chi costruisce progetti di vita e di famiglia. Mi vengono le lacrime agli occhi se vedo una donna incinta, mi vengono le lacrime agli occhi se penso a un futuro con Tancredi. Un futuro, sì, ma senza carezze. Non posso pensare di allontanarlo, di lasciare le cose, gli oggetti e le foto che hanno disegnato la nostra strada fin qui. Sono una e doppia, non so più riconoscere quali siano i sentimenti che non mi ingannano.

Non credo più alle mie intuizioni, non so abbinare il trucco ai vestiti. Odio le rughe sotto gli occhi e spendo soldi in creme, temo di specchiarmi e non riconoscermi, che i vestiti non mi vadano più, che gli stivali nuovi si rovinino, che passi il tempo di avere un figlio mio. Mi sento mia e basta, non appartengo a nessuno.

Leggo libri che mi fanno male, mi racconto che sono libera, ma mi scopro legata con catene pesanti a un'immagine di me che non mi corrisponde. Mi sento superiore, mi sento inadatta, mi sento fatta per altri scenari. Sogno paesaggi sterminati e soffro se devo spostarmi di pochi metri. Parlo con gli amici, racconto pezzi di me che non capisco nemmeno io.

Alice mi ha detto che mi sente distante, che le sembro una tartaruga che si è ritirata nel guscio. Lei vorrebbe che tirassi fuori la testa, anche solo per un momento, per farmi una carezza, ma non sa come fare. Vorrei saperlo anche io.

Mi àncoro alle abitudini che detesto, mi crogiolo in questa indecisione che certe notti non mi fa riposare. Prendo pastiglie per dormire e mille caffè per restare sveglia. Mi vesto per non piacere a nessuno, mi spoglio per rimanere sola.

Sogno mia madre quasi ogni notte. A volte sono sogni belli, confortanti, lei che mi dice: «Io sto bene, siete voi quelli in mezzo alla nebbia». Altre, sono i giorni prima della sua morte, lei serena e sorridente come era nella realtà, ma io so che ha le ore contate e non so come dirglielo, come nasconderglielo.

Chiamo papà ogni giorno, lui fa di tutto per tirare fuori la sua voce migliore, mi racconta di come occupa i suoi giorni da pensionato facendo il fieno nei prati o con gli amici al bar, tra una partita a scopa e qualche lunga disquisizione di calcio, per far passare il tempo. Quando posso vado a trovarlo.

La prima volta che sono entrata in casa sapendo di non trovarci mamma temevo di sciogliermi in pianto, invece i miei occhi sono rimasti secchi come la diga che si vede dal balcone, che di marzo è poco più di una pozza.

Anche il lavoro non procede meglio. Una sera torno a casa più stanca del solito e propongo ad Alice di mangiarci una pizza davanti a un bel film. Mentre aspettiamo che il fattorino ci consegni la cena, la mia amica prende coraggio.

«Devo dirti una cosa, Anita.»

La guardo con aria spaventata: ultimamente quando mi danno una notizia non è mai quello che spero di sentire.

«Tranquilla, non è una tragedia» mi rassicura lei spalancando gli occhi scuri. «Michele e io andiamo a vivere insieme, a Roma, dal mese prossimo.»

Michele è il suo fidanzato, un marcantonio di due metri, un giocatore di basket conosciuto un paio di anni fa a una manifestazione per i diritti degli animali. Strana coppia, ma felice.

«E cosa aspettavi a dirmelo, sciocchina?» le sorrido.

«Niente, so che per te non è un gran periodo… e allora non volevo che ti intristissi a sapere che me ne vado, io sto benissimo qui con te, però sai, Michele mi ha proposto la convivenza e io…»

«Smettila di giustificarti.» L'abbraccio forte. «Certo che mi dispiace che tu te ne vada, ma ti voglio bene, e sono felice se tu lo sei. Capito?»

E lo penso davvero. Anche se un'altra delle persone che amo prende una strada che la porterà via da me e dalle nostre rassicuranti abitudini.

Abituarsi al distacco: pare che la vita, in questi ultimi mesi, si stia prendendo il disturbo di farmi imparare per bene la lezione.

È la fine di marzo quando con Tancredi decidiamo di trascorrere un weekend in Liguria. Trasciniamo tutte le nostre perplessità sulle spiagge ancora fredde di Alassio, giornate insulse in cui passeggiamo a piedi scalzi in riva al mare. Parliamo del futuro senza troppa convinzione, e anche fare l'amore è soltanto un esercizio fisico. Scopriamo un pudore che non esisteva prima, come se la troppa confidenza ci facesse provare vergogna, come se l'eccesso di consuetudine con il corpo dell'altro rendesse quasi incestuosi i nostri incontri.

Non manca la tenerezza, ma prevale un senso di insoddisfazione. Tancredi mal sopporta i miei sbalzi di umore, e io non so dissimulare.

Un pomeriggio siamo seduti sugli scogli. Guardiamo il sole tramontare e io sento il buio della sera che mi penetra dentro. D'improvviso ripenso alle vigilie di Natale di quando ero bambina. Mi rivedo insieme alla mamma dentro la piccola chiesa di Obra, nella penombra, ad accendere una candela. Per un attimo l'odore salmastro del mare lascia posto al profumo dolciastro della cera e dell'incenso. Vedo la mia sagoma piccola contro la luce della fiamma e quella di mia madre, enorme e confortante, le nostre ombre si stagliano tremolanti sul muro spoglio. Penso allo slittino lasciato sul sagrato, quello slittino che ci avrebbe portate in giro per i prati deserti. Noi due che scivoliamo leggere su bianche distese di neve, accese dal riverbero lunare, in un silenzio rotto soltanto dal rintocco delle campane nella valle e dall'acqua che gocciola nella fontana.

Nell'atmosfera magica della vigilia, eravamo le sole testimoni di un mondo che esisteva quella notte soltanto. Ce ne andavamo a zonzo fino a quando il freddo e la stanchezza non avevano la meglio. Solo allora correvamo a casa a scaldarci, le mani arrossate e gli occhi lucidi per il vento nelle discese spericolate, mentre le bucce di mandarino sulla stufa profumavano la stanza.

«Anita...» Tancredi mi riporta alla realtà. Sono di nuovo seduta accanto a lui, mentre il mare s'accanisce contro le rocce. «Anita, devi smetterla.»

«Di fare cosa?» gli domando, fingendo di non capire dove vuole andare a parare.

«Di pensare a lei. Non puoi continuare a piangerla. Sono sicuro che anche lei vorrebbe...»

«Oh, su questo non ho dubbi» lo interrompo. «Tu sei sempre sicuro di qualcosa. Mi piacerebbe avere tutte le tue certezze, Tancredi.» Senza dargli tempo di ribattere mi alzo e mi incammino verso l'albergo.

Più tardi me ne sono pentita. Forse ha ragione lui. Forse voleva solo dire qualcosa che mi facesse bene. Ma mi infastidisce il suo tono, il tono di uno che ha sempre la soluzione in tasca, che ti propina la risposta prima di essersi accertato di avere afferrato la questione.

Una volta mi piaceva questo suo essere risolutivo. Poi cosa è successo?

Forse è più saggio vivere di passioni fugaci che dell'amore-per-sempre, che un po' cresce e un po' logora. Un po' scalda e un po' stanca. Non lo so.

Tancredi e io siamo diventati adulti insieme, lui è in ogni passo, in ogni ricordo. Pensare di perderlo è come ritrovarmi senza il libretto delle istruzioni per le cose della vita.

Lui mi ha insegnato a guidare, a sciare, a stare ferma per ore ad aspettare la luce giusta che accende un bosco. Io ho smorzato le sue manie di protagonismo, gli ho mostrato che ci si può godere il viaggio anche senza arrivare a tutti i costi per primi.

Ci siamo appoggiati alla stessa idea di futuro, come due vecchi allo stesso bastone. Fino a quando, a un tratto, ci siamo accorti di tenere passi diversi. Adesso che la mia vita è arrivata a un inciampo che mi ha fatto cadere, ho la sensazione che lui fatichi a rallentare, che la mia improvvisa zoppia gli sia di intralcio.

Indovino in lui le mie stesse paure, la stessa fretta di rivestirsi dopo l'amore, la stessa rabbia per non aver saputo fermare le giornate piene di sole delle nostre prime vacanze in Grecia, dove tutto era estate, senza fretta né limiti.

Forse è così che va: l'innamoramento sbiadisce nello stillicidio del tempo e a un certo punto, il mattino, ti accorgi dell'alito impastato di chi ti dorme a fianco, ti infastidisce il suo masticare rumoroso durante la colazione. I difetti non fanno più tenerezza.

Ma non so capire quando sia capitato, quando è stato che il suo modo di russare ha smesso di sembrarmi buffo e che le sue battute un po' triviali non mi hanno fatto più sorridere. È successo che ci siamo guardati negli occhi e abbiamo distolto lo sguardo. Perché in quello che ci siamo trovati di fronte non abbiamo riconosciuto nient'altro che un'immagine distorta di noi.

Se potesse telefonarmi il Futuro mi svelerebbe l'arcano: tutto si trasforma. Tutto cambia, nonostante la nostra volontà ottusa di fermare il tempo. Quello che non scegli tu, la vita lo decide per te.

Arun mi salta spesso alla mente, non posso evitarlo. Le sue parole, le sue frasi da bambino pronunciate con la fierezza di un adulto, il giorno in cui mi ha detto «Ti porto in un bel posto»; il modo di domandare «A cosa pensi?»; e il batticuore di quella volta in macchina, quando la notte aveva allacciato il suo mantello per renderci invisibili al mondo.

Al ritorno dal fine settimana con Tancredi, ho quasi ceduto al desiderio di sentirlo. Avevo già il telefono in mano, ma dopo aver scorso la rubrica fino al suo nome, ho ripensato alla sua menzogna, alla sua inaffidabilità, a come mi sarei inutilmente complicata la vita.

E così, seppure io continui a negarlo con tutta la forza che ho, sono ogni giorno meno certa di quello che provo, ogni giorno più combattuta, tra un amore sicuro e sfilacciato dal tempo e un pensiero che mi fa tremare le gambe. Un pensiero che ho deciso di cancellare, quel giorno che ho riattaccato il telefono e detto addio ad Arun.

Perché è difficile e rischioso stare sulla prua della nave esposta alle raffiche dei venti e alla forza incontrollabile delle onde del mare. La baia è sicura, invece: tutti possono vedere come conduci bene la tua vita, aspettando gli ospiti in veranda e preparando tisane e pasticcini.

Le convenzioni, spesso, corrompono molto più delle tentazioni.

Poi succede che una domenica di giugno mi guardo allo specchio e non mi riconosco: sono grigia. Cinerina. La faccia, i capelli, perfino gli occhi, che un tempo erano di un bell'azzurro lucente. Sembro uscita da un film in bianco e nero. Da quanto non mi curo della mia immagine? Troppo occupata dai miei tormenti interiori, ho perso il contatto col mondo.

Ed è stato allora, certamente non a caso, che ho cambiato il corso della mia esistenza.

Avevo dato appuntamento a Tancredi per cena, a casa mia. Per una volta, dopo tanto tempo, sono decisa a non accoglierlo col solito maglione sformato e le ciabatte di pezza. Dopo aver messo in forno una teglia di lasagne al pesto (le sue preferite) e un arrosto con patate, mi sistemo un po'. Indosso un vestito carino e vagamente sexy, azzurro e leggero, scollato e stretto sui fianchi. Raccolgo i capelli, rinfresco il trucco concedendomi, oltre al solito eyeliner, un tocco di ombretto e un velo di rossetto perlato. Sono determinata a dare una svolta alla situazione stagnante in cui ci siamo impantanati.

Se poi io sia veramente convinta che possa servire, è difficile dirlo. Metto su una musica lenta, accendo la piantana per avere una luce più soft. Tutto sembra uscito dalle pagine del manuale d'istruzioni per il primo appuntamento.

Alle otto e mezza un messaggio di Tancredi mi annuncia il suo ritardo, peraltro assolutamente prevedibile. Quando finalmente arriva, infilo velocemente le scarpe col tacco che avevo tolto nell'attesa, e metto da parte il risentimento. Lo abbraccio come non facevo da tempo, gli butto le braccia al collo, gli copro la bocca di baci. Lui è a metà tra il lusingato e l'imbarazzato per quel fuoriprogramma.

Mi dice «Sei molto bella, sai?» e io penso che la serata sta prendendo la piega giusta. Accendo una candela e cominciamo a parlare del più e del meno.

Soprattutto del meno, perché dopo mezz'ora, insieme alla porzione di lasagne, abbiamo esaurito gli argomenti. Nemmeno la bottiglia di vino rosso ci viene in aiuto, lui la assaggia appena: domani dovrà alzarsi molto presto, meglio non compromettere la giornata lavorativa.

Dopo il secondo brindisi passo anch'io all'acqua minerale.

Alegría, come un lampo di vita...

Quel ritornello torna a farsi beffe di me.

Quando ci accorgiamo che il CD in sottofondo è ricominciato per la seconda volta e abbiamo esaurito anche i luoghi comuni sul tempo e le stagioni, Tancredi fa la domanda che segna la svolta: «Che ne dici di accendere la TV?».

Tancredi significa *buon consigliere* e questa volta mi ha davvero regalato, a sua insaputa, lo spunto definitivo. Resto un attimo così, sospesa, con i risultati sportivi e il ticchettio delle posate in sottofondo amplificato dai nostri silenzi, e poi lo dico: «Tancredi, tra noi è finita».

Mi guarda come se mi vedesse per la prima volta, la forchetta a metà tra la bocca e il piatto. «Scusa?»

«Lo sai bene anche tu, non ha più senso stare insieme.» Nel dirlo, mi rendo conto che quella frase stava lì in un angolo del mio cervello da molto tempo.

Non che non sia doloroso. È come tagliare il ponte che mi legava alla mia vita di ragazza spensierata, ancora una volta. Come disfarsi delle avventure estive per i mari greci, i pomeriggi in giro con la moto, le serate sul divano abbracciati, gli scatti controluce di Anita, la graziosa ventenne dalla frangia color miele. Le notti spese ad amarci in quella stanza con il palchetto di mogano.

Cosa resta?

Questo resta: un palpito inesatto, una pellicola ripulita da tutte le pause e i silenzi ingombranti.

Tancredi si alza in piedi. Vaga per la stanza, ma è come se vagasse dentro la camera oscura che sta nella sua testa, forse per trasformare le mie frasi in qualche cosa che abbia un senso: meno sfumature cupe, più luce naturale, diminuire il contrasto tra la felicità di un tempo e questi minuti vomitati qui, come dopo una sbornia triste.

«È meglio così, lasciamoci adesso, da buoni amici, prima di farci del male. Io ti amo in qualche modo, Tancredi, ma non è il tipo di amore che può darci un futuro. Anche tu mi vuoi bene, lo so. Ma non basta per rimanere insieme. Non esiste un *Noi* adesso. Solo due *Io* confusi e sbriciolati, da ricostruire.»

«Ma parlavamo di matrimonio, Anita, di figli, ricordi? Potremmo provarci, fare un tentativo ancora...»

«Ne abbiamo fatti mille di tentativi, senza confessarcelo. Ci siamo allontanati lentamente, ma inesorabilmente, lo hai visto anche tu. Non abbiamo più nulla da dirci, troviamo scuse per vederci il meno possibile, anche fare l'amore è diventato un esercizio meccanico. Non è colpa di nessuno, o di entrambi, non so. Ma è andata così. Se ci fermiamo qui possiamo salvare il bello che abbiamo vissuto insieme e conservarlo per sempre.»

Spartirsi le colpe come buoni vicini di casa dopo una lite: ecco la ricetta di un addio tra persone mature.

Intanto pensavo *Ti ho amato come si ama la mano che ci salva dal niente, come se oltre te non esistesse che il buio e l'ora del lupo.*

Pensavo *Anita, lascia che la tua barca affondi se deve, smetti di resistere alla corrente, hai sprecato tutte le energie, lasciati trasportare alla deriva, ingoia il sale, non pretendere più di avere il controllo su tutto. Prendi fiato, immergiti e dopo sputa, sputa!*

Vedrai che alla fine impari a nuotare, magari una zattera di passaggio ti darà una mano, vedrai che se non muori sopravvivi, e tocchi terra. Ci sarà forse una vegetazione nuova, animali mai visti, un vino mai assaggiato che fa ubriacare i sensi. Vedrai, dopo il sale verrà il nettare. Ma devi conservare il fiato. Lascia che tutto avvenga.

Lui non sa più che dire. Per quanto si sforzi, questa volta, il suo occhio esperto non riesce a trovare un'immagine della realtà che restituisca i toni giusti per ricominciare.

Balbetta: «Forse hai ragione tu. Sei sempre stata la più coraggiosa. È che mi fa una paura dannata immaginare di stare senza te… Lo so che le cose tra noi non vanno da un pezzo, ma se ci impegniamo, chissà, possiamo migliorare…».

«No, Tancredi, non possiamo. L'amore, *quel* tipo di amore, non ha bisogno di essere migliorato. O c'è o non c'è. È inutile accanirsi. Ho paura anch'io, sei stato la mia *casa* per così tanto tempo che ora mi sembra di non avere più un tetto sopra la testa. Ma forse è un bene vedere oltre, a costo di prendere pioggia e freddo… Ci manca tutto quello che siamo stati, e ci farà male per parecchio tempo. Ma il passato a cui vorremmo tornare non lo riavremo in ogni caso.»

Si avvicina e mi abbraccia con tanta forza da togliermi il fiato. Restiamo così a lungo, senza parlare. Impauriti, disperati, affranti. Sollevati.

Se ne va scivolando fuori dalla porta, senza dire niente. Gliene sono grata.

Mi accascio sul divano e lancio lontano quelle maledette scarpe scomode.

Penso a come sia difficile dare un senso alle cose: alcuni legami, che vorresti trattenere a ogni costo, si spezzano, o cambiano forma. Altri sei costretto a reciderli tu, con fatica inaudita. Avevo creduto che Tancredi fosse l'uomo della mia vita. Ora so che non siamo le due metà di una mela, ma qualcosa di molto più complesso e imprevedibile. Che quello che era giusto ieri potrebbe non esserlo oggi, perché siamo materia in continua evoluzione e la fedeltà a se stessi è alla radice di ogni forma di amore.

Quando riemergo dallo stato di semincoscienza in cui ero sprofondata, mi rendo conto che è notte fonda e la tribuna sportiva è terminata da un pezzo.

Se potesse telefonarmi il Futuro mi direbbe che certi dolori sono essenziali alla nostra vita come in primavera la potatura degli alberi da frutto.

12

La panchina vicino a Marrakech

L'estate mi ha sorpreso all'angolo, con le ossa rotte e molti pezzi di me da ricostruire. Non sono per niente brava in questa attività, a dire il vero preferisco starmene in disparte, aspettare che sia il tempo a mettere qualche pezza. In fondo, almeno questo me lo deve.

Tancredi mi manca come un arto amputato in un incidente, ma so che nulla può aggiustare quello che ormai è perso. Qualche amica insiste per convincermi a uscire, ma sono sorda da quell'orecchio, così declino cortesemente e scrupolosamente ogni invito.

Finché non arriva luglio e, insieme a lui, una convocazione che proprio non posso rifiutare: l'addio al nubilato della mia migliore amica.

Alice viene da me una sera, senza nemmeno avvisarmi per paura che inventi una scusa. Da come mi saluta capisco che sta per tendermi una trappola. Mi abbraccia, è un po' che non ci vediamo.

«Ho un favore da chiederti» mi dice, dilatando quei suoi occhi color castagna.

«Sono tutta orecchi» rido.

«Mi faresti da testimone? Sei la mia migliore amica, non puoi dirmi di no!»

Non c'è bisogno di rispondere, e lo sa. Ci abbracciamo e la rassicuro che sono onorata di avere un ruolo così importante in quel giorno speciale.

«C'è un'altra cosa, però» e le viene fuori quell'espressione furbetta che mi spaventa un po'. «Se sarai la mia testimone non puoi proprio mancare all'addio al nubilato...»

Sapevo che ci sarebbe stato un prezzo da pagare. Alice vuol dire *creatura marina*, ma quella che sta per cadere nella sua rete, questa volta, sono io. Perché non si tratta di una serata in giro a fare le sceme dopo una sana bevuta, no: Alice, abituata a fare le cose in grande, ha deciso di reclutare le sue quattro amiche più care per un viaggio di una settimana in Marocco.

In un discorso infarcito di *ma* e *però* le spiego che devo lavorare, che ho pochi soldi, che il mio umore influirebbe negativamente su quello del gruppo. Ma niente da fare, ha una risposta per tutto: il viaggio sarà in agosto, quando io ogni anno prendo le ferie, i soldi non sono un problema perché ha trovato un'offerta imperdibile e ha deciso di offrirci una parte del volo; l'umore, quello, migliorerà: per forza.

Così eccomi, con la valigia pronta e la speranza che la varicella o un'altra malattia altamente contagiosa mi colga prima di domani, giorno previsto per la partenza.

Invece no, è il 18 agosto e sono sul volo Milano-Marrakech, insieme ad Alice e alle nostre tre compagne di viaggio. Roberta che conosco da una vita, frequentava il Dams con la mia amica e insieme ne abbiamo fatte di tutti i colori. Sono contenta di rivederla, solare come è sempre stata. Giorgia l'ho incontrata qualche volta soltanto, ma grazie ad Alice so tutto delle sue avventure sentimentali, un incrocio tra una puntata di *Sex and the City* e la rivisitazione di *Le relazioni pericolose*. Infine c'è Stefania, anche lei attrice, ma decisamente sopra le righe, perennemente intenta a interpretare il ruolo di una primadonna nevrotica, con le palpebre bistrate di nero e le mani nervose.

Certo siamo un bel quintetto, più eterogeneo di una classe del liceo. Però ci stiamo simpatiche, e nasce subito un affiatamento che non mi aspettavo, complice anche l'affetto per Alice e il desiderio di regalarle una settimana indimenticabile.

I primi due giorni ci fermiamo a Marrakech, il caldo ci scioglie, ma la bellezza di questa città nordafricana mi si imprime nell'anima. Così povera eppure rigogliosa e autentica come i suoi giardini fioriti. La piazza centrale, Jamaa el Fna, mi rapisce quando al tramonto il cielo s'arrossa e s'accendono i fuochi dei rosticcieri all'aperto. Si addensano le grida dei venditori ambulanti, dei cavadenti, degli incantatori di serpenti e degli spremitori di arance. Noi ci addentriamo in quel mondo seducente: ci tuffiamo nei colori accesi del mercato nella medina, l'odore di cuoio e frutta matura, il formicolare instancabile dei venditori, i bambini scalzi che ti invitano ridendo a seguirli attraverso vicoli che conoscono come le linee delle loro mani.

Così per un po' riesco a nutrire la mente d'altro, a sgravarla di pensieri ingombranti. La sera, però, quando mi chiudo alle spalle la porta della camera d'albergo e resto sola, le mie ansie sono lì ad aspettarmi, ben allineate sul letto rifatto. E hanno un nome: mia madre e quanto mi manca, Tancredi e cosa starà facendo senza chi la sera gli sfornava le lasagne e si metteva in posa davanti al suo obiettivo.

Tancredi. Ci siamo visti un paio di settimane prima della partenza. Mi ha chiamata per chiedermi se poteva passare a recuperare alcune cose che aveva lasciato da me, offrendosi di portare tutto ciò che io avevo scordato da lui – le vite di due persone in tanti anni si mescolano fino a non riconoscerne più i confini. È stato un incontro difficile, imbarazzato. Tutto un *grazie, non vorrei disturbare, scusa, per favore*. Zelo, attenzione, estraneità. Distanza. Come se non fossero esistite le tante notti in cui eravamo una cosa sola.

Avrei voluto trattenerlo e farmi abbracciare ancora, rannicchiarmi contro la sua pelle nuda, un gattino cieco e glabro che cerca le mammelle della madre. L'ho accompagnato alla porta e l'ho salutato con due baci sulle guance. Lui ha detto *Mi manchi*, mentre scompariva in ascensore, e non ho avuto tempo di rispondere.

Mi sono sentita un po' più sola di prima, svuotata.

Penso anche ad Arun – il mio cuore fa un balzo – e al suo biglietto che ancora tengo dentro la borsa, e che mi riporta a lui ogni volta che frugo tra i mazzi di chiavi e i fazzoletti di carta.

Penso a tutte le cose che mi fanno paura. Perché un viaggio, per breve che sia, ti spoglia dei tuoi rassicuranti riti quotidiani, ti mette a nudo. E lì ti ritrovi di fronte i fantasmi che hai imparato a tenere a bada, anestetizzandoli con il tran tran quotidiano.

Partire, quasi sempre, non è andare lontano, ma tornare a se stessi.

Il terzo giorno di permanenza sul suolo marocchino, Alice confessa di avere in serbo una sorpresa (un'altra!): ha affittato un pulmino con autista per fare un giro nell'entroterra ed esplorare luoghi meno battuti dal turismo di massa.

All'alba siamo tutte fresche e pimpanti, pronte a salpare per questa nuova spedizione. Partiamo con un veicolo che avrà all'incirca i miei anni, ma portati male. L'autista è Nabil, un simpaticissimo e giovane ragazzo di Fez. I nostri compagni di viaggio sono quattro francesi modalità zaino in spalla, anche loro desiderosi di uscire dalle rotte consuete delle agenzie di viaggi. Nabil conosce quelle strade polverose come le sue tasche e ci consiglierà dove trascorrere la notte. Per il resto abbiamo ampio potere decisionale rispetto al percorso da seguire; lui si limita a darci qualche indicazione di massima, lasciandoci la possibilità di scegliere le destinazioni che più accendono la nostra curiosità. Decidiamo di accantonare gli smartphone e fare a meno di Google Maps, per affidarci alla vecchia mappa ingiallita di Nabil: ci sembra che questo dia un accento più avventuroso alla nostra vacanza.

Andiamo in direzione di Ouarzazate, e poi ancora più a sud, verso l'Algeria. La strada si fa sempre più polverosa e il deserto marocchino si stende all'orizzonte, seducente invito alla fuga. Terra rossa, arsa dal sole, oasi inaspettate come un miraggio: un balsamo per il mio cuore graffiato. Come i rimedi di queste donne berbere dalla pelle scura e le mani indurite, che raccolgono erbe medicinali per farne unguenti.

Mi accorgo di quanto sia rigenerante vedersi da un'altra prospettiva: un puntino in movimento in un orizzonte di sabbia e dune.

Prendere le distanze da sé non è guarire, ma è un buon analgesico.

Il secondo giorno di viaggio Nabil ci dà appuntamento all'alba, dopo una notte in una stamberga pittoresca, gestita da una famiglia gentile. Ripartiamo che già l'afa si solleva dalla terra brulla per appiccicarsi alle nostre spalle nude e bruciacchiate dal sole. Non sono di buon umore oggi, forse per via di un sogno nebuloso che mi ha lasciato qualche pensiero.

Sul pulmino mi ritrovo seduta vicina a François, un ragazzo più giovane di me, e al suo zaino enorme. Siamo diretti verso un'oasi distante un centinaio di chilometri, e dopo qualche battuta in francese, che fingo di conoscere meno di quanto lo parli in realtà, decido di isolarmi con le cuffiette e un po' di musica. Di solito non mi piace, voglio sentire cosa mi succede intorno, ma adesso ho bisogno di stare per conto mio.

Gli occhi al finestrino, lascio fare al panorama. Ma questa malinconia balorda non ne vuole sapere, mi sta addosso più del caldo e delle mosche noiose. Come faccio sempre in questi casi, ritorno con la mente là, al mio posto speciale, la mia panca al limite del bosco. Mi sforzo di mettere a fuoco le montagne, il verde brillante dei prati e quello più scuro del ciliegio, e mia madre che viene verso di me con un paio di guanti e un mezzo sorriso che mi asciuga le lacrime.

Una sosta imprevista mi distrae: qualcuno sentiva il bisogno di un caffè, così ci fermiamo nel piazzale davanti all'ingresso di un piccolo bar senza troppe pretese. Mentre il gruppo si dirige all'entrata, la mia attenzione viene rapita dalla vista della valle che si apre sul fianco della spianata. Dal ciglio del burrone si gode la vista dei monti bruni e aridi che delimitano il deserto, così diversi da quelli della mia terra, ma così affascinanti.

E cosa vedo pochi passi più in là? Una panca, poche assi di legno arrangiate che dominano la valle di fronte. Mi siedo e quasi non mi stupisco quando noto, appoggiati accanto a me, un paio di guanti. Guanti leggeri, di quelli che le donne marocchine usano per coltivare la terra.

Dunque sei qui, mamma. Non hai smesso di prenderti cura di me.

Mi nasce dentro un sorriso che non so arginare, come non posso fermare le lacrime che finalmente mi liberano da quel maleficio di rabbia che mi teneva in scacco. Piango, come se volessi rendere feconda la terra secca sotto i piedi.

So che quel paio di guanti e quella panca di legno non sono venuti per caso: perché gli oggetti ci parlano, sempre. Solo a volerli ascoltare.

Dunque sei qui, mamma. Ora lo vedo, finalmente. Sei qui a ogni battito, a ogni respiro, ogni sussulto del mio petto. Sei la mia carne e il mio pensiero. Il mio modo di ridere nelle fotografie, il modo in cui scrivo, quello con cui mi commuovo per una lettera inattesa. Ora lo so, che sei alla fine di ogni mio sguardo. E che mi salverai un'altra volta.

Quando pochi giorni dopo torniamo a Torino, Alice mi fa notare che secondo lei questo viaggio mi ha fatto bene. Non può nemmeno immaginare quanto.

Il lunedì dopo le ferie torno al lavoro con spirito nuovo. Se ne accorge anche Angela, che mi accoglie con la sua solita enfasi, e nell'abbracciarmi dice: «Anita, ma sei diversa! Hai un'altra luce, è cambiata la tua aura». Angela si intende di aure e di chakra. Anche se non credo particolarmente a queste cose, stavolta ha ragione, mi sento molto più leggera, sgravata da un masso che mi pesava sullo sterno. Ho perfino indossato un vestitino leggero e tutto colorato comprato in un suq di Marrakech.

Mi racconta delle sue vacanze, costellate di colpi di fulmine e qualche colpo di sole, di come sia stata dura la prima settimana dopo il rientro, visto che è in ufficio già da una decina di giorni. Mi dice delle paturnie del capo, di un collega che ha mollato, dei nuovi progetti.

«A proposito di nuovi progetti...» continua.

Perché Angela vuol dire *messaggera* e questa volta ha un importante messaggio per me. «Mi è capitato tra le mani questo, qualche giorno fa» trilla felice «e l'ho conservato per te.»

Mi passa un libro illustrato per bambini.

«Cosa sarebbe?» Non capisco ma comincio a intuire.

«È un progetto editoriale realizzato per beneficenza: parte dei ricavi dei diritti d'autore andranno a una organizzazione no profit che si occupa di bambini profughi. È una raccolta di favole e una di queste è del tuo amico scrittore.»

Evito di aggiornarla sugli sviluppi della nostra amicizia e la ringrazio. Finché il capo non rientra e non mi dà nuovi ordini ho poco o niente da fare: è la mattinata giusta per dedicarmi alla lettura.

Torno alla scrivania e con le mani un po' tremanti apro il libro a pagina 18, l'inizio del racconto.

Comincio a leggere, senza sapere che da quella favola, per me, non ci sarà più ritorno.

13

Una Cenerentola con gli scarponcini rossi

C'era una volta,

e c'è ancora, un grande regno pieno di nebbia e di grigio.

Grigia la pioggia e le note musicali, grigio il sonno, la neve e i sogni. Grigio il fumo dell'unico camino del regno: un solo camino per una sola casa. Una sola casa per un solo abitante: Blumùn, da tutti conosciuto come il Principe della Nebbia.

Blumùn era un bambino silenzioso e bello che viveva lì, in esilio, da sempre, senza sapere perché. Lui amava la sua terra, ma era stufo del nulla e dell'umidità che lo circondavano.

Un mattino, mentre camminava vicino al lago, vide qualcosa nell'acqua. All'inizio non riusciva a capire cosa fosse, si strofinò gli occhi più volte pensando di avere un'allucinazione, poi la riconobbe: era una striscia blu!

Da quel giorno Blumùn nutrì un solo grande desiderio: conoscere chi lasciava le scie di colore nel suo mondo di nebbie.

«È opera di Aurora, la Principessa dei Prati Fioriti. Dove lei passa, là cresce la primavera» gli disse una sirena.

«E sai dove posso trovarla?» chiese lui con voce piena di emozione.

«Purtroppo no, è sempre in fuga dal suo eterno rivale, il Re del Gelo.»

Mi guardo intorno. La redazione è ancora vuota, e del capo nemmeno l'ombra. Meglio così, posso continuare la lettura. Per rendere questo momento ancora più piacevole, vado alla macchinetta del caffè per un tè caldo da sorseggiare lentamente.

Hanno un sapore buono, le parole di Arun. Mi sembra di sentire la sua voce mentre racconta. Questa sua fiaba me lo fa sentire di nuovo accanto. Dopo tanto tempo.

Blumùn torna a Regno Fumoso e non riesce a togliersi dalla mente la Principessa Aurora. Trova altre scie di colore che lo conducono a nuove avventure: libera il Vento, prigioniero del Re del Gelo, che gli fa dono di un paio di occhiali magici. E aiuta Cispo, un omino che vive in una quercia, a guarire il suo popolo dalla malattia dei Sogni Rotti.

Leggo tutto d'un fiato il modo in cui Blumùn riesce a rintracciare la Principessa, guidato da una premonizione. Oramai è chiaro che faccio il tifo per lui.

Mi sto affezionando a questo bambino che in qualche modo somiglia ad Arun. O forse sono io che mi riconosco in lui, in quel piccolo smarrito in mezzo alla nebbia. Vorrei dirgli: *Da questa parte, afferra la mia mano.*

Come in tutte le favole che si rispettino, il Principe riesce a salvare Aurora, strappando la sua barchetta di carta a un mare in tempesta, grazie agli oggetti magici recuperati durante il cammino. Lei è piccola come una goccia di rugiada e i suoi capelli sono del colore del grano maturo. Era proprio come se l'era immaginata, come se la conoscesse da sempre.

Alla fine la Principessa scappa, lasciandogli in dono un

paio di scarponcini rossi. Blumùn rimane a guardarli, incapace di articolare alcun suono.

Deglutisco anch'io, incapace di connettere. Rileggo gli ultimi paragrafi più volte. Questa storia è molto familiare. Una bambina tratta in salvo. Una barchetta di carta. E quegli scarponcini. Rossi! Non è possibile.

Eppure...

«Ci rivedremo, prima o poi, stai sicuro» promise lei, allontanandosi con le sue ancelle.

Blumùn se ne restò lì, senza riuscire a muoversi. Era la prima volta, nella sua breve vita, che il suo cuore saltò un battito. Quella sensazione somigliava tanto alle cose che aveva letto sull'amore.

Si stupì, come si stupiscono i bambini, di quella luce improvvisa che era entrata nella sua vita fatta di nebbia. Quando fu di nuovo nel giardino grigio del suo castello si sedette per terra, esausto, e guardò da vicino gli scarponcini sporchi di terra. Seguendo l'istinto, provò a indossarli e scoprì che gli calzavano perfettamente. Ma quella non era l'unica magia delle scarpe: a ogni passo, il grigio e la neve si scioglievano e sbocciavano i fiori.

Aurora gli aveva regalato un pezzo di primavera e aveva restituito al suo mondo i colori. Regno Fumoso si stava trasformando in un grande giardino pieno di luce e tepore.

«Ci rivedremo, Aurora» disse tra sé e sé, sorridendo.

E in cuor suo sentì che non avrebbe mai smesso di cercare la sua Principessa dei Prati Fioriti.

14

Le briciole di Pollicino

Sono io. La Principessa dei Prati Fioriti sono io, ne sono certa. Ora che ho imparato a leggere i messaggi che la vita mi manda non posso sbagliare: Arun parla di me in questa fiaba, del nostro incontro nel bosco di tanti anni fa. È lui il bambino che mi ha acciuffato prima che finissi nel burrone, è lui che mi ha salvato, il mio spirito buono dei boschi. *Deve* essere così.

Ecco perché il suo volto aveva qualcosa di familiare: non ci siamo conosciuti in un'altra vita, o non solo, almeno. Ci siamo sfiorati quando eravamo troppo piccoli per capire l'importanza di un incontro. O forse no? Forse da allora non abbiamo mai smesso di rincorrerci, come i protagonisti della fiaba. Forse ci stiamo cercando da sempre.

E io ho lasciato che se ne andasse così, sono corsa dietro al mio dolore senza provare a fare un passo più in là, a capire perché mi abbia mentito, mi abbia taciuto di avere un figlio. Dovevo dargli la possibilità di spiegarmi, dovevo seguire il mio istinto, quel sorriso che mi nasceva dentro quando lui mi era vicino. Quello dovevo ascoltare, e non la furia cieca della sofferenza.

Esco dall'ufficio e lo chiamo, non posso aspettare. Per fortuna non ho mai cancellato il suo numero dalla rubrica. Un odioso messaggio mi comunica che la persona che cerco non è raggiungibile. Ma io non voglio aspettare, adesso che intravedo la mia scia di colore nella nebbia, devo seguirla.

E se avesse cambiato numero? Sono passati più di cinque mesi dall'ultima volta che ci siamo sentiti.

Rientro in ufficio e cerco su Internet il nome della casa editrice con cui Arun ha pubblicato la sua ultima raccolta di fiabe. *Le promesse del pirata spettinato*, Arun Agostini, edizioni Il Pellerossa.

Cerco ancora: fortunatamente la sede è a Torino, a mezz'ora da qui.

Avverto Angela che sto uscendo, che ho una cosa urgente da fare, di dire al capo che mi sono sentita male, o quello che vuole lei. Mi guarda perplessa, non mi riconosce, è abituata a vedermi incatenata a quella scrivania otto e più ore al giorno, con rigore inflessibile.

«Sei sicura di stare bene?»

«Sto benissimo!» rido.

In strada chiamo un taxi; in genere mi muovo sempre con i mezzi, ma oggi sento un'urgenza, un bisogno improvviso di lasciarmi le sabbie mobili alle spalle. Ho paura che se mettessi del tempo in mezzo, il coraggio svanirebbe e ripiomberei nel mio limbo. Farei il callo al grigiore, come è stato negli ultimi anni, e finirei per abituarmici.

Non voglio tornare a essere la ragazzina timida e timorosa con i capelli sempre a posto e la frangia sugli occhi, con il terrore perenne di guardare in faccia le cose. Voglio strappare il velo, e poi giocarmi tutto su un numero solo, secco, o la va o la spacca.

Arun, vuoi essere tu la mia scommessa?

Penso a questo mentre il tassista ascolta Radio Cuore, grugnendo di tanto in tanto all'indirizzo degli automobilisti più indisciplinati. L'autoradio canticchia belle canzoni, ma non le seguo, nella mia testa scorre in loop un solo incancellabile ritornello:

Alegría
Come un lampo di vita
Come un pazzo gridar...

La casa editrice ha sede in un vecchio stabile ristrutturato, che ospita diverse piccole aziende. Davanti all'ingresso mi sento improvvisamente sciocca. Minuscola come la Principessa Aurora sulla spiaggia. Sorrido e spingo la porta.

Mi accoglie un ambiente curato, pareti tinteggiate di fresco e fiori nei vasi. La segretaria alla reception mi rivolge la domanda che deve ripetere in ogni momento della giornata: «In cosa posso esserle utile?».

Già, e adesso che le dico?

Domando del responsabile della casa editrice.

«Cerca il signor Bellocchi?»

«Sì, lui.»

«Ha un appuntamento?» La sua espressione conciliante si increspa un po'.

«Sì certo» improvviso. «Cioè no, ma sono la cugina, sapeva che sarei passata in giornata...»

«Veramente non so se... potrebbe essere in riunione...»

«Posso aspettare.» Non mi riconosco dietro tutta questa sicurezza sfacciata.

«Un attimo solo.»

Parla al telefono, non capisco granché, è girata dall'altra parte. Riattacca.

«Può salire al terzo piano, scala due. C'è una sala d'attesa sulla sinistra, verrà da lei non appena si sarà liberato.»

Salgo, mi siedo, aspetto, secondo le istruzioni. Provo a prepararmi un discorso per ottenere le informazioni che mi servono ma non trovo le parole, non riesco a concentrarmi. Intanto passa mezz'ora, quaranta minuti. Quarantacinque. Poi s'affaccia un signore distinto: «Dunque scopro oggi di avere una cugina di cui ignoravo l'esistenza...» esordisce tra il beffardo e l'indispettito.

«Mi perdoni, la prego, ma avevo bisogno di parlarle, è una cosa importante, le ruberò soltanto pochi minuti, promesso» dico tutto d'un fiato. E penso *O la va o la spacca.*

Dopo un breve silenzio si convince, forse più per curiosità che per gentilezza: «Marco Bellocchi, mi segua in ufficio». E mi porge la mano.

Nonostante abbia abbondantemente passato i sessanta è un bell'uomo, alto, dai lineamenti ben disegnati, il piglio deciso e la stretta di mano sicura.

«Si accomodi. È una giornata impegnativa, le spiace se fumo? Mi dica, a cosa devo questa visita?» Pare ci sia una vena d'ironia nella domanda.

Mentre si accende una sigaretta, vuoto il sacco: «In realtà sono qui per un'informazione: ho bisogno di avere il numero di telefono di un vostro autore: Arun Agostini».

Sbuffa fuori una nuvola di fumo e si acciglia.

«Signorina, non possiamo fornire queste informazioni.»

«No, ma le spiego, io il suo numero ce l'ho, è solo che non riesco più a contattarlo: lo chiamo da giorni e mi dà sempre irraggiungibile» mento un po'.

Mi chiede di vedere il numero e lo confronta con quello che ha nella sua rubrica.

«In effetti è questo, sì.»

«Senta, la prego, ho davvero bisogno di parlare con lui.» Mi stupisco io stessa di questa esplosione di faccia tosta. «È una storia un po' lunga per stare qui a raccontarla, ma per favore, si fidi. Non danneggerò in nessun modo né lei né Arun, anzi sono sicura che lui la ringrazierà per aver infranto una regola e avermi dato modo di rintracciarlo...»

Il signor Bellocchi scoppia in una fragorosa risata. «D'accordo, lei mi è molto simpatica, farò un'eccezione, speriamo di non dovermene pentire. Ma d'altra parte sono stufo di vedere quel ragazzo sempre solo...» Mi strizza l'occhio.

«No, ma guardi, non è come crede... In realtà io devo...»

«Va bene, va bene, lasci stare. Ho deciso di fidarmi, non deve raccontarmi nulla.» Prende un post-it e trascrive un numero dalla sua rubrica. «Ecco qui, è il numero che il suo amico sta usando adesso. Però devo avvertirla: non si trova in Italia, è partito la settimana scorsa per Copenaghen. Sta seguendo un progetto editoriale importante. L'ho mandato io là, si fermerà per un po'.»

Cado dalle nuvole. «Un po' quanto? Voglio dire... giorni? Settimane?»

«Forse anche un paio di mesi, o più. Dipende da come andranno le cose. Non so fare una previsione precisa...»

«Ma come? E il figlio? Lo ha portato con sé?» Ormai le parole sfuggono al mio controllo.

«Quale figlio?» Questa volta è lui a cadere dalle nuvole. «No, guardi, conosco Arun da molti anni ormai, e siamo anche piuttosto in confidenza, per quanto si possa entrare in confidenza con un tipo sfuggente come lui... Ma di figli no, non l'ho mai sentito parlare.» Ride di nuovo.

Io non potrei essere più confusa. Eppure Angela era sicura: lo ha visto con un bambino che lo chiamava papà. Non può essersi sbagliata, può avere mille difetti, ma non confonde mai nomi e persone, e non dice nulla di cui non è sicura, ne andrebbe della sua credibilità di PR. «Posso chiederle anche l'indirizzo del suo albergo?»

«Senta» continua tossicchiando l'editore «prima che cambi idea, prenda numero e indirizzo e parli con lui. Ho l'impressione che abbiate un sacco di cose da chiarire.»

«Grazie, davvero, grazie...» sto balbettando. Prendo il foglietto, su cui ha aggiunto l'hotel, e lo metto in borsa, prima che ci ripensi. Quando sto per uscire dall'ufficio mi fa l'occhiolino attraverso la cortina di fumo: «E si ricordi di mandare Arun da me, quando vorrà ringraziare qualcuno!».

Scendo in strada con le gambe che tremano: ora devo venirne a capo. Quindi potrebbe non avermi mentito? Non so cosa pensare, se non che ogni tassello sta andando piano piano al suo posto – le briciole di Pollicino – per condurmi da quello scombinato scrittore di fiabe.

A questo punto prendo la decisione in assoluto più imprevedibile e audace di tutta la mia esistenza: non lo chiamerò, andrò direttamente da lui.

Lì a pochi passi c'è un'agenzia di viaggi e senza pensarci due volte entro a prenotare il volo. Una ragazza gentile mi dice che c'è un posto per la sera successiva, parte da Milano alle 20:15 e arriva a Copenaghen verso le 22:20.

«Va benissimo!»

«Ecco, per il ritorno, invece...» e strizza gli occhi, fissando lo schermo del monitor.

«Lasci stare, mi basta il biglietto di andata.» *Poi si vedrà*, penso.

Esco, sconvolta dallo spirito libero che si è impossessato di me. C'è ancora una cosa che devo fare, però.

Torno in ufficio e chiedo del mio capo. Mi accoglie nel suo studio.

«Bentornata Anita, mi hanno detto che non ti sentivi bene... Sono contento che ti sia rimessa velocemente... Allora, le vacanze...»

Non lo lascio finire. «Senta, in realtà sono tornata perché devo chiederle un congedo, un mese almeno, a partire da domani.» Abbasso gli occhi, colpevole di ingratitudine nei confronti di chi mi permette di non campare di elemosina.

«Anita, mi spiace, ma non te lo posso accordare. Sei sempre stata una ragazza molto affidabile, lo so, ed è per questo che non ho avuto nulla da obiettare quando hai avuto bisogno di giorni per raggiungere tua madre.»

Certo, allora si trattava di morte, ora soltanto di vita.

«Il tuo contratto scade tra otto mesi, ne potremo riparlare allora, magari possiamo posticipare il rinnovo...»

«No, guardi, a me serve adesso.»

«Adesso non si può, mi dispiace.» Il suo volto diventa una lastra di marmo impenetrabile.

«D'accordo, allora sono costretta a licenziarmi.» Non posso credere di averlo detto. *Il mio alter ego sovversivo non può essere arrivato a tanto.*

«Non so cosa pensare, Anita. C'è qualcosa che non va qui in ufficio?... Se vuoi parlarne possiamo cercare una soluzione insieme.»

«Ho bisogno di andare via adesso.» *Invece sì: è arrivato a tanto.*

Passerò poi a prendere le mie cose e consegnare la lettera di dimissioni, adesso non ho tempo per liberare la scrivania, mi porto via solamente un paio di libri. Per il resto si vedrà.

Passo da Angela e le dico: «Ti chiamo nei prossimi giorni». Se le dicessi che non tornerò più, riuscirebbe a farmi perdere il volo a furia di domande. Invece devo preparare la valigia. Senza sapere come riempirla, tanto per cambiare.

15

Prima dell'alba

Due ore prima della partenza sono in aeroporto, con un trolley scorticato in cui ho compresso l'indispensabile. Arun potrebbe essere lì con la sua nuova fidanzata e non aver nessuna voglia di vedermi. Potrebbe essere arrabbiatissimo per come l'ho trattato. Potrebbe considerarmi una povera pazza, squilibrata e pericolosa.

Potrebbe essersi dimenticato di me.

Potrebbe?

Se avesse potuto telefonarmi il Futuro mi avrebbe dato tutte le risposte – facile come leggere un oroscopo – ma mi sarei persa il gusto del viaggio.

A forza di mordicchiarmi le nocche ho le dita tutte arrossate. Cerco di distrarmi, mi guardo intorno in attesa dell'imbarco. In un posto così puoi sederti e osservare: le corse per prendere una coincidenza, le lunghe attese che sembrano non finire, i voli presi o persi per caso, che cambiano il corso di un'esistenza.

Aspettare un amore, un figlio, un treno.

Giocarsi tutto su una meta: vincere o morire.

Non ho nemmeno mai viaggiato da sola. Mai, neppure per una gita della domenica. Con me c'era sempre Tancredi, o qualche amica. Tutto è nuovo. Così nuovo che stento a riconoscermi nello specchietto del fard.

Tancredi, il mio più grande compagno di viaggio. Non posso non pensare a lui, in questo cambio irrimediabile di prospettive. Lasciarlo è stato come imparare a vivere senza pilota automatico.

Per associazione di idee mi viene in mente Fulvio, il padre di Arun. Cosa deve aver pensato quando ha lasciato tutto per seguire la sua innata curiosità di giornalista. Chissà se ha provato qualche cosa di simile al terrore che ho adesso, a questa cosa che mi fa sentire sperduta e assurdamente viva. Certo lui sì che è stato capace di giocarsi tutto: amori, ricordi, affetti, anima. Se non lo avesse fatto, Arun non esisterebbe.

Penso a mio padre. Gli ho telefonato prima di partire, ho detto che sarei andata a trovare un amico. Lui non è abituato ai colpi di testa della sua assennata figliola, non era qui durante la mia metamorfosi. Comunque deve averlo capito che c'è qualcosa sotto, perché di punto in bianco, prima di salutarmi mi ha detto: «Anita, la vita non è solo spine. Arriverà anche la tua parte di felicità, vedrai». Così mi ha detto, come avesse letto oltre le parole e la distanza.

E tu, mamma, lo vedi che sto facendo?

Cosa sto facendo, mamma?

Arun, che faccia farai?

Mi sono resa conto che hai occupato la mia mente. Hai

cominciato da una piccola finestra, che spalancavi certe sere, sorridendo attraverso le inferriate, lì dove avevo cercato di relegarti. Poi hai preso sempre più spazio, hai costruito la tua stanzetta e lì ti vengo a trovare più spesso di quanto vorrei.

Una parte di me, quella che non sa dove sta andando, è già tua.

C'è un altro tipo di futuro? mi chiedo. Ho letto che esiste un luogo nell'Universo, con una sua privatissima coordinata spazio-temporale dove tutto ciò che è possibile accade. Allora siamo lì tu e io, stiamo fluttuando dentro il chiaro di luna, la pelle di latte fosforescente e le dita intrecciate...

Nella mente, comincio a costruire la vita che vorrei.

Immaginare non è creare, ma ne è il principio.

«Siete pregati di allacciare le cinture di sicurezza, la discesa per Copenaghen è cominciata.» La voce della hostess mi risveglia bruscamente. Mi sono assopita con queste farneticazioni da "posta del cuore".

È il 3 settembre e, come dicevano le previsioni, freddino è freddino. Mi investe un odore di autunno, di aria pulita e tagliente. Mi procuro qualche corona e prendo un taxi per andare in hotel.

Il tassista, saputo che sono italiana, si sente in dovere di darmi qualche dritta. Si complimenta per la scelta dell'hotel, piuttosto vicino a Tivoli, che i turisti adorano. Così, visto che so bene che non riuscirò a prendere sonno, decido di farmi lasciare al limitare di quel parco enorme, e con la mia cartina riuscirò ad arrivare a destinazione.

Mi stupisco ancora: per tutta la vita ho avuto paura di perdermi, in luoghi molto più familiari di questo.

Tutto mi sembra irreale adesso. Copenaghen è considerato il paese delle fiabe, ed eccomi: dentro una storia nuova di zecca, alla ricerca di un autore di racconti per bambini, sperduta più di Hänsel e Gretel, impaurita più di Biancaneve, leggera come Peter Pan.

Tivoli è un sentiero di luci che bucano il buio, mentre le note di un concerto di musica classica riempiono questa notte di fine estate. Ci sono pochi turisti, non è più stagione. Nell'aria, odore di cannella, nocciole tostate, zucchero filato. Odore di fine festa.

Comincio a sentire freddo e mi dirigo verso l'albergo. La stanza è minimale ma elegante, in perfetto stile danese. Non sono mai stata in un albergo da sola, penso. Questa giornata è un susseguirsi di prime volte.

La stanchezza mi ottunde i pensieri, d'un tratto non so più dove sono, che cosa mi abbia portata fino a qui. Mi spoglio lentamente, cerco di concentrarmi sul momento. Mi ripeto come un mantra che c'è una sola cosa che sono obbligata a fare: respirare. Il resto verrà da sé.

E se Arun mi dicesse che non vuole più vedermi? Ho immaginato il nostro incontro, ma non ho previsto un addio. Potrei sparire silenziosa, stupita di come tutto sia uguale a prima. Potrei salutarlo con poche parole. Ma sarebbero parole che mi stancano al punto che dopo non potrei che piangere. Poi, a casa, chiuderei la porta dietro a una possibilità che non sarà, a una promessa che la vita non mantiene.

Potrei trovarmelo davanti e capire che ho fatto tanta strada per nulla, che questo sentimento che mi cresce dentro l'ho frainteso, che non vale più del biglietto aereo che ho in mano. Ma se questo è uno sbaglio, è certo il più appassionato che potessi inventare: ora so che sono capace di perdermi.

Anita, benvenuta nella notte lunga di Copenaghen. La notte dei dubbi che rigenera, come il freddo pungente del Nord.

Del resto, *non c'è altra via che la notte, per arrivare all'alba.*

16

Una mano al destino

Mi sveglio alle 5:30, di soprassalto, come se mi avessero tirato addosso un secchio di acqua gelata. Non può essere stato un rumore da fuori, perché le finestre hanno i doppi vetri, né la luce, che qui è ancora buio pesto. No, evidentemente è stato un rumore interno, che viene dalla mia testa, da qualche sogno che ora non so riacchiappare per la coda.

Meglio così, avrò il tempo per prepararmi e raggiungere l'hotel di Arun prima che esca per andare al lavoro. Sì, perché ho deciso di arrivare fino in fondo nella mia follia: non gli telefonerò. Mi presenterò davanti a lui e dall'espressione dei suoi occhi capirò molte cose.

Faccio una doccia per sciacquare via i residui dell'Anita che ho lasciato a Torino, indosso un paio di jeans che mi stanno benino, un maglioncino blu sopra una t-shirt dell'Hard Rock Cafe di Berlino, residuo degli anni all'università.

Mi stiro i capelli, tanto per mantenere qualcosa delle vecchie abitudini, tanto per illudermi di avere qualcosa sotto controllo. Poca roba per la verità. Un filo di trucco, per cancellare le tracce di una notte insonne o troppo densa di sogni. Un paio di scarpe da ginnastica, il loden blu scuro. Potrei vestirmi più elegante, più sexy. Ma voglio essere io: voglio che mi veda per quello che sono. Mentre mi preparo e mi rendo conto che questa pazzia è irrevocabile, sento un'oppressione al petto, come una mano che s'appoggi e mi dimezzi il respiro. Deve sentirsi così chi decide di buttarsi per la prima volta con il paracadute.

Mi guardo allo specchio, mi scruto attentamente, come non facevo da un po'. Non sono giovanissima, non sono vecchia. Guardo i percorsi appena accennati sulla fronte, le rughe d'espressione intorno alla bocca. Non più ragazza, per nulla cosciente di ciò che sono diventata. Ancora alla ricerca di uno spazio preciso da occupare – certamente fuori tempo.

Seguo i confini del mio corpo, minuto, tutto sommato in forma. Il seno piccolo, il ventre teso sotto strati di lana e cotone, le gambe toniche, le caviglie sottili. Una figura un po' anonima, forse. Senza imperfezioni degne di nota, né segni particolari che si facciano ricordare. Proprio come è stata la mia vita fino a qualche tempo fa. La mia vita *prima*.

Perché adesso l'ho imparato, ci sono avvenimenti che creano un *prima* e un *dopo*, un'interruzione netta che somiglia a un taglio col bisturi, prima bianco e pulito, dopo un attimo coperto di sangue.

Afferro la borsa sul letto ed esco. L'hotel di Arun è nel quartiere di Frederiksberg; secondo la mappa non è molto distante da qui. Decido di andarci a piedi, sembra una giornata serena e il tempo non mi manca.

Assaporo tutto di questa città già così attiva, decifro sulla carta l'intrico di strade e cammino. Attraverso una zona piena di vetrine, i miei occhi si perdono tra oggetti di design ricercato e il viavai incessante delle biciclette. Un'esplosione di sagome e colori che mi sembra di stare nel Paese delle Meraviglie.

Poi un negozio di scarpe catalizza la mia attenzione: una sfilata di décolleté tacco 12 di tutte le fogge – con quelle non potrai avere il mondo ai tuoi piedi, ma puoi certamente calpestarlo con classe. Intravedo sul fondo un paio di stivaletti lucidi rossi, non è il mio stile, ma ormai ho deciso: voglio presentarmi da Arun con quelli. Se è lui, capirà senza troppe parole, avrà ritrovato la sua Principessa dei Prati Fioriti.

Il negozio aprirà alle 9:30, mi tocca aspettare un bel po'. Siedo al bar di fronte, al tavolino davanti alla vetrina, e ordino un caffè lungo. Penso che un tempo me ne sarei ben guardata, e avrei scelto l'angolo più remoto, per mimetizzarmi con l'arredamento scomparendo dietro un libro. Osservo i volti delle donne, sono disegnati con perfezione stupefacente, sembrano quasi tutti usciti da una rivista di moda. Avrà ceduto Arun a tanta bellezza? Una morsa inattesa di gelosia mi stringe lo stomaco. La mando via con un sorso lungo di caffè bollente.

Appena vedo la serranda del negozio alzarsi, mi precipito. La commessa – una Barbie bionda e fin troppo gentile – si offre di mostrarmi qualcosa che faccia al caso mio. Ma vado dritta al mio obiettivo: provo il 36 degli stivaletti rossi. Li prendo e li tengo ai piedi. Senza ombra di tacco sono comodi, se non altro. Perché per il resto non c'entrano proprio nulla con il mio abbigliamento, né con me. Sono perfino buffa, ma non importa.

La bambola con le ciglia lunghe sbatte gli occhi stupita;

Certo, starà pensando, *sono strani questi italiani*. Mi offre un sacchetto per mettere dentro le mie vecchie scarpe.

Arrivo davanti all'hotel, un palazzo semplice ma curato. Nonostante il freddo ho le mani sudate, mi sento il viso in fiamme e devo combattere con tutte le mie forze contro l'impulso di voltarmi e correre via.

Entro, chiedo di Arun Agostini alla reception (penso che in questi ultimi giorni ho pronunciato più volte il suo nome che il mio). Un ragazzo piuttosto giovane e belloccio mi sorride e mi risponde in un italiano stentato: «Il signore Agostini è già uscito, mi dispiace».

Deve aver notato il mio sguardo deluso, perché subito aggiunge, in uno slancio: «Però oggi ha prenotato per il pranzo, rientrerà per le tredici». Guardo l'orologio, ho circa tre ore da impegnare. Ringrazio ed esco, non posso certo restare tutto questo tempo nella hall.

Decido di non consultare la cartina e in breve arrivo in un parco che ha qualcosa di magico, il Frederiksberg Have, un ordito di boschi e laghi navigabili, cigni, anatre, ninfee e pagode; un respiro lento e verde in mezzo all'asfalto della città.

Quanto mondo non ho visto, e me ne rendo conto solo ora.

Prendere coscienza non è correggere, ma è il solo modo per cominciare a cambiare.

Mi siedo su una panchina accanto a uno specchio d'acqua e mi rendo conto che sto finalmente imparando a guardarmi intorno, ad apprezzare il silenzio di una pianta d'edera che s'arrampica su un tronco, i riflessi del sole che scintillano sul liquido incresparsi dell'acqua. Ero abituata a stare sempre dentro di me, nei miei limitati orizzonti, come un animale in letargo; a vivere nell'immaginazione, nei ricordi, nei libri.

Ora vedo che tutto segue il suo corso, è bello osservare come succede, perdersi dietro al proprio sguardo, non provare a tenere gli eventi al guinzaglio. Sospendere il giudizio. Respirare a fondo.

D'un tratto il tempo cambia. Alzo gli occhi al cielo, che senza uno straccio di preavviso si sta inspessendo d'una coltre di nuvole. Tutto diventa buio, piccole gocce d'acqua cominciano a stillare, sempre più fitte. Gocciola. Piove. Diluvia.

Corro via, mi riparo come posso. Questi stivali mi tornano utili, alla fine. Prendo il sacchetto di nylon in cui stanno le mie vecchie scarpe e me lo metto in testa, in un disperato tentativo di salvare qualcosa. Potrei chiamare un taxi quando esco dal parco, ma tanto vale, ormai sono fradicia. Corro, poi rallento, cammino. Mi prendo la pioggia.

Quando arrivo all'albergo, entro senza pensarci; Arun non sarà ancora arrivato, non è nemmeno mezzogiorno.

Imbocco la porta, alzo gli occhi, e lui è lì, di spalle, sta chiedendo la chiave alla reception. Lui e i suoi jeans consumati, i vestiti abbinati male. Lui e i suoi capelli spettinati. È bello, e solo adesso capisco in che modo. Come un guerriero dopo la battaglia, come uno che arriva primo a tutte le gare. Quella bellezza che viene da un'energia dentro, che non passa, non scolora. È bello e solo ora lo vedo davvero.

Lui sente il rumore della porta che cigola; si volta.

E mi vede così. Bagnata come un profugo scampato a

un'alluvione, come un cane randagio che abbassa la coda e le orecchie sotto il temporale. Con un sacchetto di nylon in testa, un paio di vecchie scarpe da ginnastica in mano, i capelli arruffati che grondano acqua, il rimmel che cola sulle guance e quegli stivali, rossi e lucidi come un'auto sportiva.

Eccomi, Arun. Spettinata, impaurita, frastornata. Lavata via da quest'acqua stupida di settembre. Ma viva, come il respiro di un resuscitato.

Lui mi guarda come se gli venisse incontro un ricordo lontano. Come se fossi un'ipotesi che si sta materializzando nella sua mente.

Mi mette a fuoco e mi viene vicino. Non parla. È a una spanna da me e non parla. Mi solleva il viso con lentezza e resta sospeso a osservarlo, come ci vedesse qualcosa che non so. Non sembra nemmeno stupito, no. Rapito, è la parola giusta. Pare che sia qui ad aspettarmi da anni, spiando nel frattempo la gente che entra in queste stanze a dormire, a rifugiarsi, a fare l'amore.

È un attimo che dura un secolo. Continua a fissarmi muto e poi mi passa una mano sulla fronte, per tamponare tutta quell'acqua. Mi asciuga il viso, le guance, cerca sotto l'umido i miei lineamenti segreti, poi mi stringe in un abbraccio che aveva nelle mani da sempre. Ricambio e stiamo così, zitti. Due minuti, forse di più.

Il concierge ci guarda da dietro al banco come se vedesse un vecchio film, con più divertimento che curiosità.

Arun si stacca da me, mi toglie il cappotto bagnato e mi mette addosso il suo. Si rivolge al ragazzo stupefatto: «Oggi non pranzo qui, scusa. A più tardi». E gli lascia il mio loden e le scarpe inzuppate.

Sta già spiovendo, ed entriamo in un locale poco distante, un ristorantino decisamente accogliente, con il camino acceso, le candele e tutto il resto. Entriamo allacciati, come una coppia rodata di italiani in gita.

Ci sediamo e sono io a dire qualcosa che lo lascia di stucco: «Hai guardato i miei piedi?». Mi fissa interrogativo, sposta la tovaglia e sbircia sotto il tavolo. Poi un sorriso sboccia sulle sue labbra e contagia tutto il viso, per un attimo quel taglio tra le sopracciglia si distende e scompare.

«Che vuol dire?» Ma lo sa già cosa vuol dire.

«Ciao, Principe della Nebbia.»

A questo punto comincia a ridere, a ridere così tanto che lo seguo a ruota, così forte che tutti si girano a guardarci – una platea inconsapevole di Barbie e Ken che non capisce una parola di questo teatrino. Ride così tanto che gli luccicano gli occhi, lacrime piccolissime sbucano e scivolano sulle guance e tra le labbra spalancate, un po' per il divertimento, un po' per il destino quando finalmente si mostra e t'accoglie.

Poi torna serio e mi dice: «Bentornata, primavera, t'aspettavo».

Si alza e mi bacia; il cameriere che era venuto a raccogliere le ordinazioni fa un passo indietro. Gli facciamo segno di tornare dopo.

Quando riusciamo a staccarci l'uno dall'altra, consultiamo il menù, continuando a sbirciare da sopra la carta, per essere sicuri che l'altro ci sia ancora.

Appena cominciamo a parlare, è come se di mezzo non ci fosse stato niente, come se l'ultima volta ci fossimo visti ieri, come se dopo quel pomeriggio nel bosco, tanti e tanti anni fa, ci fossimo incontrati ogni giorno. Mi racconta che veniva spesso in Vallarsa a camminare insieme ai suoi zii, a quei tempi. E che ha sempre tenuto a mente quella bimbetta timida e intrepida che stava per scivolare nel burrone, lei e quei suoi stivaletti rossi.

Se potesse telefonarmi il Futuro confermerebbe che i destini delle persone fanno percorsi assurdi, si sfiorano un istante, distratti, e poi scivolano via. E tornano a incrociarsi, e magari alla fine si riconoscono e si agganciano per un lungo tratto di strada. O per sempre.

Mentre ci servono smørrebrød come antipasto («sono tartine di segale» mi spiega «spalmate di patè»), bagnate da un bianco frizzantino, mi chiede: «Come sta tua madre?».

«Non c'è più. Se n'è andata un paio di giorni prima della tua ultima telefonata. Scusami se...»

«Non dire nulla, per favore» e la sua mano percorre la tovaglia per raggiungere la mia, per metterla al sicuro nella sua stretta. «Dovevo insistere, dovevo starti vicino...»

«No Arun, non te l'ho permesso. È stato meglio così, credimi. Non avevo la lucidità per capire nulla. Non parliamone adesso, deve essere un momento bello questo, ci sarà tempo... Anzi c'è una domanda che voglio farti, è il motivo principale per cui avevo reagito così bruscamente alla tua chiamata.» Prendo fiato, raccolgo le forze. «Tu hai un figlio, una famiglia di cui non mi hai mai parlato?»

«Una famiglia?... No, Anita.»

«Ti prego, Arun, non mentirmi. Tu non mi devi nulla, è ovvio, però io devo sapere...»

«Anita, guardami negli occhi.» Mi fissa con una profondità che non conoscevo. «No. Non ho figli né famiglia.»

«Ma la mia collega, quella che lavora all'agenzia con me, mi ha detto di averti visto a una riunione di editori, o che so io, con un bambino che ti chiamava papà, e io ho pensato...»

Arun si mette a ridere e comincia a raccontare. Un'altra storia, un altro pezzo di sé regalato, davanti a un piatto di polpette speziate e alle fiamme danzanti di un caminetto acceso.

«Il giorno del nostro incontro, sul treno, ti avevo accennato a un progetto che stavo seguendo a Riva del Garda.»

Il racconto di Arun comincia da lì, quando la sua vita si è riannodata alla mia.

«Questo progetto in realtà è una semplice attività di volontariato nell'orfanotrofio in cui sono cresciuto. È sempre stato un bisogno, per me, tornare lì. Mi sento a casa, sono una presenza familiare quasi quanto gli operatori. Il mio lavoro di scrittore mi permette grande flessibilità, per questo faccio spesso avanti e indietro. Quando posso mi trasferisco da mia zia e passo tutto il tempo che riesco in quella casa-famiglia.

«Mi sono ripromesso, sin da subito, di non affezionarmi a nessun bambino, di tenere un certo distacco, come un medico con i propri pazienti. Là c'è un gran viavai di ragazzini, affezionarsi a ognuno vorrebbe dire farsi del male.

«Poi però è successa una cosa, e non ho avuto scampo. Né scelta. Circa tre anni fa è arrivato Raffaele, il bambino con cui mi ha visto la tua collega quel giorno. Aveva quattro anni e non diceva una parola. A parte quelle poche che gli servivano per comunicare i suoi bisogni: pappa, acqua, nanna. Cose così. Per il resto del tempo se ne stava acquattato in disparte, gli occhi bassi. Era rotondo come una mela, di aspetto sano, dolcissimo. Però bastava avvicinarsi per accorgersi che qualcosa non andava. Non guardava in faccia nessuno, mai. Sembrava un animaletto braccato, una bestiola già in fuga, lontana. Era assente. Tanto che pensarono fosse autistico, ma gli esami non indicavano niente di anormale. Era solo imprendibile. Inaccessibile.

«La seconda o la terza volta che lo incontrai, mi è capitato quello che mi è successo con te: ho *sentito* la sua storia. Ho visto che lui non si considerava degno di calcare il palcoscenico della vita, ma solo di restare in disparte. Naturalmente non ne era cosciente... Allora ho cominciato a indagare, a cercare informazioni su di lui. Per fortuna sono ormai in confidenza con il gestore della struttura, che mi ha detto tutto ciò che sapeva: Raffaele è stato abbandonato alla nascita a Treviso. La madre lo ha lasciato in una *culla per la vita*, l'analogo della ruota degli esposti medievale: una stanza, collegata a un ospedale, con uno sportello che dà sull'esterno. Qui le madri che vogliono lasciare i propri bambini possono farlo in sicurezza, e con la certezza di restare anonime. Raffaele è rimasto per quattro anni in una struttura di Treviso e poi è stato spostato a Riva del Garda. Lì ci siamo incontrati.

«Così ho capito il motivo delle mie intuizioni: nessuno ha riconosciuto a quel bambino un'identità, un passato, la conferma di esistere. E lui lo ha metabolizzato in quel modo: si è reso invisibile, spettatore muto del mondo.

«Grazie a lui ho capito – e con quanto ritardo! – di essere stato fortunato a conoscere mio padre e mia madre, anche per poco. Di aver ricevuto da loro quel che basta per non negare a me stesso il diritto di essere amato e accudito.

«Contravvenendo alla regola numero uno, mi sono avvicinato a quell'esserino fragile. Sono rimasto a Riva tutta l'estate e parte dell'autunno, annullando tutti gli impegni lavorativi. È stato un amore difficile, il nostro, tortuoso.

«Ho cominciato sedendomi accanto a lui, in silenzio. Se non poteva partecipare, saremmo stati insieme in platea. Sono stati giorni, settimane interminabili. Poi, un giorno è capitato qualcosa. Lui teneva sempre con sé un brutto peluche spelacchiato a forma di riccio, non lo abbandonava mai, credo lo avesse da sempre. Un giorno gli è scivolato dalle manine paffute. Io l'ho raccolto e gliel'ho dato. È stato allora che mi ha guardato, per la prima volta. I suoi occhi verdi sottili si sono fissati nei miei. E ho riconosciuto quella luce, una luce speciale che non avevo visto negli occhi di nessuno. Lì ho sentito che quel bambino mi apparteneva, in un modo che non so spiegare. Forse siamo stati amici, fratelli, padre e figlio in un'altra vita. Forse siamo stati gemelli. Abbiamo diviso il grembo di nostra madre come due chicchi di melograno, guizzando come pesci, ci siamo dati la mano al momento di saltare nel mondo, piccole anime sorprese da una luce accecante, non so. Lui però è una parte di me.

«Un paio di settimane più tardi mi ha stretto la mano. Eravamo seduti sul pavimento, con le spalle contro il muro, a guardare due bambine che giocavano con i Lego. E lui, di punto in bianco, ha cercato la mia mano e l'ha stretta. Senza una ragione. Da allora non l'ha più lasciata. Mi hanno accordato il permesso di portarlo ogni tanto con me, per qualche ora, a volte di più. Parla sempre molto poco, lo stretto indispensabile. Un giorno, a cinque anni appena compiuti, mentre stavamo insieme al parco, mi ha detto così: "Arun è un nome difficile. Posso chiamarti papà?". Proprio con queste precise parole, come fosse la cosa più naturale al mondo.

«Ogni volta che posso vado da lui. Anche in questo periodo, appena il lavoro me lo permette, torno in Italia per vederlo. Purtroppo non mi è permesso adottarlo, perché sono single. Dobbiamo accontentarci di fare come possiamo. Così ti ho mentito, prima, o meglio ho mentito per metà: io non penso che i figli siano soltanto quelli biologici, per cui sì, lui è figlio mio. Se basta l'amore ad attestare un legame, lui lo è.»

Quando finisce di raccontare, mi rendo conto di avere davanti a me, da un pezzo, il budino ai frutti di bosco, intatto. E gli occhi lucidi. Per quel bambino solo, per questo grande uomo che ho di fronte, per la mia stupidità. Cieca, assoluta come il dolore che avevo addosso, quando non ho voluto credere alla vocina interiore che mi diceva di fidarmi di lui.

Non importa, adesso sono qua. Nell'unico posto al mondo in cui voglio essere.

Penso ai miracoli che fa la vita: all'amore prepotente tra uno scrittore di fiabe dall'infanzia drammatica e un bimbo senza parole. Chi meglio di Arun poteva restituirgliele, rubandole a quel suo mondo incantato? Gli ha regalato pensieri e un posto su questa terra. In cambio, Raffaele ha dato a lui la possibilità di correggere e lenire almeno un po' il passato, quella sua storia senza compassione.

Raffaele vuol dire *medicina di Dio*. E Dio solo sa quanto ce n'era bisogno.

Arun mi vede pensierosa. «Non volevo intristirti...»

«No, anzi. È una storia bellissima. Come tutto quello che viene da te.»

Restiamo zitti per un po', per ritrovare il filo.

«Ma cosa fai esattamente qui, a cosa stai lavorando?» Tante cose da dirci, da sapere, vuoti da riempire, pezzi da ricomporre.

«Sto coordinando un progetto editoriale molto interessante: si tratta di un lavoro su Andersen. Stiamo realizzando una raccolta di scritti che riguardano la sua vita e le sue opere. Perché di lui si conoscono le fiabe, bellissime, ma ha scritto molte altre cose e aveva una personalità complessa. Ad esempio, pochi sanno che nacque poverissimo e che restò orfano di padre a soli undici anni. Poi, per tutta la vita, lottò contro il suo senso di inadeguatezza, l'ipocondria, e... ti sto annoiando, vero?»

Comincio a riconoscere la passione di quest'uomo, in tutte le cose che fa.

«Ma sei matto! Starei ad ascoltarti per ore... Senti, possiamo uscire di qui? Ho bisogno di toccarti, di annusarti...» È la prima volta che faccio una proposta indecente a un uomo. A pensarci, è la prima volta che faccio *una proposta* a un uomo.

Senza nemmeno rispondermi, paga il conto e siamo fuori. Siamo stati in quel ristorante più di due ore e il tempo è cambiato ancora: sembra volermi dare un assaggio di tutto ciò di cui è capace. Adesso c'è un bel cielo limpido, e una brezza leggera che sembra aprile. Io mi sento come se ogni cosa stesse tornando al suo posto. Le ali, se davvero ci sono, sono pronte a dispiegarsi, finalmente.

«Non ti ho ancora chiesto come hai fatto a trovarmi» mi dice Arun, mentre camminiamo.

Sorrido. «Ho estorto l'indirizzo al tuo editore. Piuttosto non mi chiedi perché l'ho fatto?»

«Questo lo so. Hai scoperto quello che io sapevo da un pezzo: che ci apparteniamo.»

Questa sicurezza naturale, di chi è abituato a non parlare mai a sproposito, ad andare al punto, senza giri di parole.

Mi bacia. Si schiude un mondo, dentro questa luce obliqua dell'estate nordica che finisce.

«Andiamo al tuo hotel?» Ho imparato anch'io: faccio domande dirette, non mi perdo nelle retrovie del pensiero.

«Andiamo.»

Così eccoci nella sua stanza d'albergo. Ovunque, particolari che raccontano di lui. Pile di libri per terra, sulla moquette ai bordi del letto. Quaderni, appunti, scarpe in giro, vestiti fuori posto. Candele, anche sui mobili, che ora accende dopo aver tirato le tende spesse di velluto. Fa partire lo stereo: Leonard Cohen.

Dettagli.

Una mappa della Danimarca allargata per terra.

Sul comodino, le chiavi del lucchetto della bicicletta e un berretto di lana blu scuro.

Un piccolo registratore. (*A che ti serve*? *Afferro le idee che mi vengono in mente, quando pedalo per la città e non posso fermarmi a scrivere.*)

Accanto, l'agendina che aveva lasciato sul treno il giorno che ci siamo incontrati.

«L'avevi dimenticata davvero, quell'agendina?»

«Certo che no» ride. «Pensavo lo avessi capito, ormai. Il destino va aiutato, qualche volta.»

Se potesse telefonarmi il Destino direbbe che sì, ha sempre così tanto da fare: adora chi gli dà una mano. E fa di tutto per ricambiare, sempre.

Mi prende in braccio, poi ci sediamo per terra. I miei vestiti sono ancora umidi, mi ricordo di essere irrimediabilmente spettinata, di avere il trucco sbavato.

«Devo essere orribile.»

«Sei come ti ho sempre disegnata nella mia testa: luminosa.»

Arun si sdraia sul pavimento e mi tira a sé. Mi accarezza, percorre la mappa dei miei nei. Scova i punti lisci e le paure, le stana una per una.

Mentre mi bacia, scavandomi dentro, sento di essere tornata padrona del mio cuore. E della traiettoria del mio volo.

Sento che questa era la mia storia: dovevo capire dove andare e trovare il coraggio per farlo. Liberarmi dal sortilegio – un insensato ripetersi di abitudini cementate – e vivere.

Spengo il cervello: sento soltanto, e ancora, i tuoi occhi conficcati nel profondo, la speranza della tua mano sul ginocchio, la traccia della tua mano sul ginocchio. Le dita che si intrecciano, i respiri mozzi, parole rimaste appese.

Mentre mi baci, la tua mano mi percorre i pensieri e li sveglia, e li assopisce, li ingarbuglia e li ammansisce, al ritmo che vuoi tu.

Stringi caviglie e ginocchia, sei un laccio che mi sfiora i fianchi, sei un palpito lungo, una scossa che annienta i sensi.

Non ho potere e sorrido quando ti cerco con gli occhi e tu ridi, mi fissi di sotto in su, con quel viso segnato.

Mi tocchi come fossi la prima cosa che tocchi, mi guardi come fossi la prima cosa che vedi dopo una lunga cecità. Mi accarezzi come se ogni frammento della mia pelle custodisse qualcosa di raro. Come se volessi imprimermi nella memoria con un tatuaggio indelebile.

Che buffi siamo, senza difese se non la penombra, senza àncore e freni.

Poi m'abbandono – benedetta l'onda che mi travolge – e non poteva che essere così.

Finalmente respiro e sento che ti amo di un amore che non ha nome. Ti amo in una terra che non c'è, in un tempo che non trova confini – il tempo è solo un sacco con dentro i nostri corpi, aggrappati.

Ti amo di un amore che è madre e matrice di tutte le cose.

Ci addormentiamo, sfiniti, allacciati.

Sento un sussurro, prima del sonno: «Non ti lascio più andare via».

Un sogno che diventa di carne.

Un sogno che entra in un sogno, senza più resistenze.

17

Ciao, mamma

Copenaghen, 24 dicembre 2015

Ciao mamma,
è un pezzo che non ti scrivo. È la vigilia di Natale e nevica così fitto che non si vede il cielo, solo una matassa di cotone grigio.
È cambiato così tanto nella mia vita, in questi ultimi mesi. Ormai è più di un anno che vivo con Arun a Copenaghen. Abbiamo trovato una casetta da affittare appena fuori dal centro, in mezzo al verde, un'oasi piccola dove crescere insieme. Sono solo due stanze, ma le pareti sono colorate e abbiamo un terrazzo con due amache e piante grasse. Usiamo la bici per andare dappertutto, stiamo sperimentando questa attenzione danese per i dettagli e l'ambiente.
È una bella città per ricominciare. Ho letto che è stata fondata da un gruppo di pescatori per bloccare le incursioni dei pirati dal mar Baltico. Mi sono immaginata i saccheggi, le rapine, le lordure. E un gruppo di uomini armati solo di reti che si sono messi di impegno per costruire un mondo nuovo. Ed eccola, questa perla di architettura e organizzazione (la mia immaginazione corre veloce, lo sai).

Il progetto di Arun va a gonfie vele, la raccolta sulla vita e gli scritti di Andersen è piaciuta così tanto che gli hanno commissionato un'opera molto più vasta sugli autori nordici. Un colpaccio, davvero. E io gli do una mano, tanti anni di correzione di bozze finalmente mi fruttano qualcosa!
E sto lavorando su me stessa. Mi sono iscritta a un corso di danese. È complicato, ma comincio piano piano a capirci qualcosa. Sai come la penso: ogni lingua imparata è un passaporto per una vita nuova. E poi ho cominciato anche un corso di cucina vegetariana. Sì, proprio io che non ho mai voluto sperimentare nulla di più complicato della pasta alla carbonara. Invece c'è un amico di Arun che vive a Christiania, il quartiere degli hippy, che ha aperto un laboratorio culinario, e ci sono andata, per curiosità. Ora è un appuntamento settimanale fisso. Lui è un tipo strambo e interessante, come quelli che frequentano le sue lezioni.
Ho conosciuto diverse persone, ho nuovi amici, soprattutto mi trovo bene con una ragazza canadese che ha più o meno la mia età e gira il mondo. Si ferma un po' di mesi nei posti che le piacciono e dopo via! Recide i legami con un colpo netto, nessuna agonia, e riparte. È bella, libera.
Non sarò mai così, non andrò così lontano da ciò che sono stata. Ma quanta strada, da quell'Anita di solo un paio di anni fa. E come vorrei che mi dicessi cosa ne pensi della donna che sono.
Adesso porto capelli lunghi e sciolti, la fronte scoperta, perché si leggano le tracce di quello che è stato, lo sguardo sgombro, finalmente. Non mi alzo prima per lisciarmi i capelli, lo faccio solo se mi va e mi piaccio spettinata. Non mi rosicchio quasi più le nocche delle mani. Ho smesso di chiedermi cosa

sia giusto a ogni passo, mi lascio vivere. Non ci crederai: mi voglio bene.
Qualche giorno fa ripensavamo al nostro primo incontro. Anzi, il secondo, quello in treno. Arun mi disse che ero vittima di un sortilegio, che certo me ne sarei liberata, ma che si è sempre costretti a cedere qualcosa di sé in cambio.
Che cosa ho perso, cosa ho trovato? Non ho più te, l'infanzia, un amore che mi ha accompagnata per tanti anni, la vita prima. *La superficialità incauta e scema di chi non ha cicatrici, l'invulnerabilità monca della tarda adolescenza, i giorni io te e papà, i giorni senza sera – all'ombra del ciliegio – che resteranno sepolti nelle pagine dei miei diari. In cambio, ho trovato la strada che mi ha riportata da me, il coraggio di levare l'àncora e partire.*

Combattere non è vincere. Ma è il contrario di perdere.

Viviamo una vita semplice, con Arun, ma appagante. I soldi sono ancora pochini, nonostante tutto, tocca fare economia. Abbiamo un ritaglio di terra dietro casa e in primavera ci piantiamo un po' di frutta e verdura. Durante il giorno non stiamo molto insieme, lui va in ufficio e io resto a casa, anche quando lavoro per lui, o vado in biblioteca, se non ho lezioni da seguire. Poi la sera, spesso, mangiamo un boccone in giro, ci basta poco. Un localino qualunque e stare vicini. D'estate ci sono moltissimi festival di musica all'aperto e Arun è innamorato del jazz: mi sta trasmettendo (anche) questa passione. Oppure ce ne stiamo a casa sul divano, con una luce bassa a guardare qualche bel film o a leggere un libro. Ognuno dentro il proprio percorso di segni, ma insieme ovunque.

Arun non è perfetto, mamma. Con la sua ostinazione, la sua sensibilità scoperta, un bambino con tutti i sensi all'erta. Delle volte è anche difficile, ombroso, così indifeso davanti ai dolori del mondo, a certe ferite.
Litighiamo spesso, come tutte le coppie. Come tutte le coppie che funzionano. Con lui non valgono maschere e approssimazioni. Mi rimprovera di non esprimere a fondo quello che sento, e probabilmente ha ragione: metto spesso il silenziatore sul cuore, lo imbavaglio un po', che stia buono e non abbai troppo forte. Ma sto migliorando, giuro. Ho reimparato a piangere quando qualche cosa dentro urla troppo forte. Lascio che strabordi, lascio passare l'onda anomala e aspetto la quiete, senza fretta. Senza nascondermi. Lui mi rimprovera, dicevo, vorrebbe curare ogni cosa che mi fa male.
Ma se esiste qualcosa che somigli al mio uomo ideale, è lui. Come vorrei lo avessi conosciuto, mamma. Non lo so se staremo insieme per sempre. Ho imparato a non promettere niente, nemmeno a me stessa. Ma a camminare verso la direzione che spero, ogni giorno, nel buono e nel cattivo tempo.
Arun vuol dire luce del mattino. *Arun adesso è il mio Est: senza di lui non nasce il sole.*

Ho conosciuto Raffaele, sai. Ho capito perché Arun nutre tanto amore per quel bambino: è un essere speciale. Una creatura fragile come il vetro eppure resistente come la permanenza. Ci siamo piaciuti subito, mi sono trovata a mio agio nel suo mondo di silenzi eloquenti. E così abbiamo deciso di fare tutte le pratiche per adottarlo. Ci vorrà del tempo, siamo una coppia troppo recente, e le leggi italiane sono cavillose. Ma appena ci sarà possibile, lo porteremo a vivere con noi.

Probabilmente torneremo in Italia, prima o poi. Mi manca papà, non voglio che invecchi da solo. Vado a trovarlo almeno una volta al mese. Sta bene, nonostante tutto. Ha cominciato a creare candele lavorando la cera, non è strano? Dopo una vita a trafficare con l'elettricità ha deciso di tornare al fuoco. Forse si torna sempre all'origine, alla fine. Alla fonte di quello che siamo, alla scintilla.
Tu ora lo sai: è così, mamma?
La morale, se una morale esiste, è che la vita, come le fiabe, è un insieme di segni, di coincidenze. Che, se ci stai attento, ti portano là dove è il tuo posto.

Mi mancherai sempre, lo sai.
Non ci sarà giorno che non mi rivolgerò a te. Ancora non mi sono abituata alla tua assenza, ma sto cominciando a farci i conti: ci annusiamo, ci riconosciamo certe notti che mi sveglio di soprassalto al buio e sento che è lì. Mi mancheranno per sempre la tua voce e le tue mani, ma sto iniziando a familiarizzare con questo modo diverso di averti, di sentirti accanto.
Perché ora che ho capito che ci sei, ho trovato il coraggio di lasciarti andare.
Il coraggio di perdonare te per essertene andata, e me per essere rimasta.
Tu sei lì, lo vedi, finalmente ti sto scrivendo una lettera onesta. La vita alle volte ti tradisce, ti lascia nuda a sperare, nella testa, la parola fine. *Senza confessartelo, in silenzio. Poi però sa riscattarsi quando vuole. Bisogna sempre darla una seconda possibilità, alla vita.*

Tu lo sai, quello che sto per dirti. La cosa più importante, in due righe, alla fine della lettera. Non serve dilungarsi perché conosci già tutto, ma volevo essere io a dirtelo, comunque: aspetto un figlio. Il mio ventre genera vita, il tuo DNA si mischia a cromosomi provenienti da qualche angolo remoto della Cambogia e da chissà dove, prima.
Perché la vita tradisce, ma sempre rigenera se stessa. Caparbia, non si fa mettere da parte.
È presto per conoscere il sesso di questo semino di mela che mi germina dentro, che sta mettendo radici anche nel cuore, più robuste dell'edera.
Ma io ho imparato a leggere i segni e so che sarà una bambina. Nascerà Aire e avrà i tuoi occhi, più blu e fondi dell'abisso marino.
Tu goditi questo manto bianco e senti che buono, oggi, l'odore dell'aria.
Tua, Anita.

Nella stessa collana

Cartonato - pp. 272 - euro 16,00

Simona Sparaco

Se chiudo gli occhi

Viola nella vita ha imparato molto bene una cosa: a nascondersi. I vestiti di una taglia troppo grande, un impiego ben lontano dalle sue passioni di bambina, quando inventava storie e le appuntava su fogli di carta, un bravo ragazzo come marito, con cui però, forse, l'amore non c'è mai stato. Poi un giorno, mentre sta sviluppando alcune fotografie nel negozio in cui lavora, si fa largo tra la folla del centro commerciale un uomo alto e dinoccolato, ancora bello nonostante l'età: è suo padre, l'artista famoso, l'irregolare, l'eterno bambino. È tornato, è venuto a cercarla per proporle un viaggio nella loro terra d'origine e per dirle qualcosa di molto importante. Ma come fidarsi un'altra volta dell'uomo che l'ha abbandonata? Come credere di nuovo a una delle sue funamboliche storie? La tentazione però è troppo forte e Viola accetta. Mentre un paesaggio innevato scorre oltre il finestrino, l'inaspettata sincerità di quell'uomo disarmato inizia a far breccia nelle difese di Viola e quando insieme arrivano alle pendici dei Sibillini, dove è custodito un antico segreto, una nuova forza la travolgerà: la forza dell'amore, che Viola non ha mai conosciuto, della verità, del perdono, di un luogo che la chiama a sé con la sua luce misteriosa e avvolgente. È un viaggio davvero magico se il prezzo della felicità è abbandonarsi con gli occhi chiusi al potere della vita che è pronto ad accoglierci.

Intenso, ammaliante, poetico, *Se chiudo gli occhi* conferma Simona Sparaco una voce straordinaria della narrativa italiana.

FSC
www.fsc.org
MISTO
Carta da fonti gestite in maniera responsabile
FSC® C023532

Stampato presso Giunti Industrie Grafiche S.p.A.
Stabilimento di Prato